「謹將此書獻給我的父母」

異國文學行腳

Un Pèlerinage dans la Littérature Étrangère
A PILGRIMAGE IN FOREIGN LITERATURE

唐睿 著

JPC
HK

自序

多年前的一個暑假，一位從事課程發展工作的朋友跟我說，他在比較了海峽兩岸暨香港的一些教學課程和教材後，發現最少觸及外國文學的，恐怕就是香港。儘管在分享完這觀點之後，朋友一再強調這觀察不無主觀，但我卻發現它跟我的經驗不謀而合。

當時我正在巴黎留學，無論是在考入大學前的法語課、大學預備班，抑或考入大學後的文學專業課上，都總有一些來自大陸或台灣的同學在老師忽然提及某位法國或者外國作家時表示：「哦，原來跟他有關」或者「我曾經讀過他某部作品」，這些同學大都在中學時代讀過莫泊桑（Guy de Maupassant）的《項鍊》（*La Parure*），有些還讀過巴爾札克（Honoré de Balzac）的《高老頭》（*Le Père Goriot*）和雨果（Victor Hugo）的《九三年》（*Quatrevingt-treize*）；至於法國以外的作家，他們會讀過或者起碼知道托爾斯泰（Lev Nikolayevich Tolstoy）的《安娜・卡列尼娜》（*Anna Karenina*）、馬奎斯（Gabriel García Márquez）的《百年孤寂》（*Cien años de soledad*），甚至冷門一點的龐德（Ezra Pound）的〈地下鐵〉（*In a Station of the Metro*）。藉著跟他們交流，我甚至還接觸到一些之前我並不熟悉的作家，比方說跟中國淵源甚深、我理應一早知道的謝閣蘭（Victor Segalen），就是通過一位上海友人的博士論文，我才終於接觸到；而如果不是一位台灣友人借了《深河》給我，我就不知道要到何年何月，才會開始閱讀遠藤周作的作品了。至於喬治・桑（George Sand）和科萊特（Colette）兩位特立獨行的女作家和她們的作品，也是多虧同學偶爾提及她們的情史和婚姻，我才有機會認識到的。

那真是一段備受衝擊的歲月，當時我一方面藉著不同朋友和途徑，開拓自己的視野；同時也不時感到汗顏和慚愧，因為這些朋友的其中幾位，並非念文學出身，而是念商科和地理的學生。

當然，這也是一段充滿主觀因素的經驗，而我所遇到的那些同學和友人，也未必能夠完全代表他們所屬地區同代人的文學素養。但無論如何，這段經驗給予我的衝擊是相當實在的，因此在返港之後，我就一直希望寫些篇章，向年輕讀者介紹外國作家。

編輯朋友聽到是關於外國作家的稿件，都表示歡迎；可是當他們知道我想寫的是一些經典作家時，大家就有點猶豫了。

「最好寫些仍然在世的作家。」

朋友這樣建議，並非因為他「尊今卑古」，而是純粹因為他很清楚香港讀者總是要「掌握最新資訊」的心理。

結果，撰稿計劃一直懸著，直到二〇一五年的暑假尾聲。《星島日報》校園版副刊《S-File 閱讀中文》[1]的記者，趁著新學年伊始，約我做了一個有關閱讀的專訪。

訪問結束後，我在閒談期間向對方提及到介紹外國作家的想法。沒想到隔了幾天，記者竟聯絡我說，編輯對有關計劃感興趣。於是，由二〇一五年九月十五日起，我開始在《S-File》上每兩周刊出一篇一千二百字左右的外國作家介紹稿。

那個是一個交稿頻率和字數要求都相對輕鬆的寫作計劃，與此同時，對稿件的內容，編輯也給予了我極大的彈性——但凡是外國作家，古今不拘，惟一要留意的是，在國別選擇方面，要盡可能平均一點，以免過於偏重某個國別的作家。

那實在是一次難得的合作經驗。

這個原定寫一個學年，預計在翌年五月底結束的計劃，後來因為彼此合作愉快而一口氣延續了三年；原定只寫十七篇的稿件，後來共刊載了四十五篇，直到二〇一八年才結束。

草擬計劃的時候，我冀望在介紹作家、作品之餘，亦儘量在各篇篇章介紹一些相關時期的文藝思潮和歷史，而如果篇幅和內容許可，我還希望儘量在篇章裡滲入一些創作提醒。根據這個構想，編輯為欄目訂定了一個非常響亮和討人喜愛的名字——「文豪時代」。

不過在實際撰稿的時候，部分選題和內容，還是礙於篇幅的限制而略為有別於原來的構想，例如在選擇作家方面，我還是難免揀選了一些相對熟識和偏愛的作家。除此之外，我也儘量囊括一、兩個讀者較為陌生，華文世界較少介紹的作者，希望可以在介紹文學作品之餘，也拓闊一下學生讀者的世界觀。基於這些考慮，一些比較經典的「文豪」，例如狄更斯（Charles Dickens）、歌德（Johann Wolfgang von Goethe），最終並沒有納入到計劃之中；反而有些尚未完全經典化的作者，例如保羅．奧斯特（Paul Auster），以及鮮為人知的意第緒語（Yiddish）作家以色列．拉邦（Israel Rabon）和非洲法語女性作家肯．布古爾（Ken Bugul）卻入選了。儘管欄目所選的作家名單充滿主觀性，但編輯團隊還是十分支持，在此實在要對當時負責欄位的幾位編輯致以由衷的感激。

「文豪時代」的欄目在二〇一八年結束之後，就一直醞釀著要把稿件修訂、增編的出版計劃，但由於當初連載稿件的篇幅較短，內容相對單薄，倘要編輯成書，就需要加以修訂和增編，而我卻一直劃不出時間去專注完成，結果出版計劃就耽擱到去年年底，承蒙出版社編輯多番鼓勵之下才正式落實。

本書現時命名為《異國文學行腳》，而沒有沿用「文豪時代」，乃是因為相對於撰寫「文豪時代」的初衷，這本書更像一本個人閱讀筆記。現時本書所選擇的作者和所收錄的篇章，較當初在報章上連載時的選材，可說是更為個人和主觀，而考慮到書本主題、出版定位，本書亦沒有將「文豪時代」所涉及的四十五位作家悉數納入其中。

現時書中選定的二十三位作家，主要是我在研習文學和從事文學創作的路上，跟我淵源較深的作家。「登山之路」部分的作家，是我負笈巴黎修讀文學時，所研習過的外國作家，因此本部分以法國作家為主，同時也輻射到幾位跟這些作家頗有淵源的外國作家。通過這些作家和他們的作品，我希望可以為讀者簡單介紹十九世紀和二十世紀上半葉的一些文藝思潮和歷史事件，盼望讀者通過這些扼要勾勒出來的時代框架，能夠了解到這些作家和作品在文學史上的意義。至於「道上風景」裡的作家，則是我在留學之前就已經開始閱讀的作家。井上靖的作品，是中學時代，我恰巧在公共圖書館的書架上有緣遇到的；而山崎豐子的作品，則是通過它們的影視改編劇集認識的。其他幾位亞洲以外的作家，都是在香港教育學院「薪傳文社」跟隨王良和老師學習文藝創作時，老師介紹給我閱讀的作家。

書中的作家和他們的作品，建構了我相當一部分的文藝認知地圖，也見證了我接觸外國文學的路徑，而這亦是我將本書命名為《異國文學行腳》的原因。「行腳」原指僧侶尋求師法而遊走四方的修行方式，而其中的遊走和修行之意，以及修行背後所隱含的艱辛，卻同時又略具逍遙的狀態，恰恰跟我修習外國文學的體會相契合。如果沒有跟文學和創作相遇，我的生命格局，恐怕將會大大不同，而我所看到的世界，也將會很不一樣——多虧佩索阿（Fernando Pessoa）的作品，我才會從澳門輾轉走到葡萄牙最西端的羅卡角（Cabo da Roca）；而因為與以撒・辛格（Isaac Bashevis Singer）的作品相遇，奧斯維辛集中營（Auschwitz Concentration Camp）遇難者的故事，才會如此鮮明地連結到我的意識……冀望本書能在記錄作者習藝片斷之餘，也能夠為正在或者準備修行的年輕讀者，提供一些路徑和一點頭緒。

基於上述原因，作者在書中採用了比較輕鬆、貼近閱讀筆記的寫作方式去撰寫，希望能將本書塑造成一部普及讀物，而非學術專著。為免削弱普羅讀者的閱讀興趣，書中篇章在可以兼顧內容的情況下，會儘可能避開生僻的學術用語，改以接近大眾的日常語言來介紹作家和作品。對於一些過於專門和精細的學術定義和問題，例如文藝派別的淵源、定義和分類，礙於各篇章的篇幅和本書的出版定位，本書只能以較為概括的論述去表達。倘若讀者希望對個別作者、作品和文藝主題作深度探討，建議繼續搜尋相關專著作延伸閱讀，而這亦是作者撰寫本書的初衷。

由於本書所涵蓋的時代、地域、作者和作品甚為廣泛，內容也涉及到不同的專業領域，作者學養有限，書中論述倘有不足之處，敬請讀者見諒。

26 janiver 2022
à Hong Kong

註

1 —現時刊物已改稱為《S-file 閱讀中文》。

目錄

Part 2　道上風景

Part 1

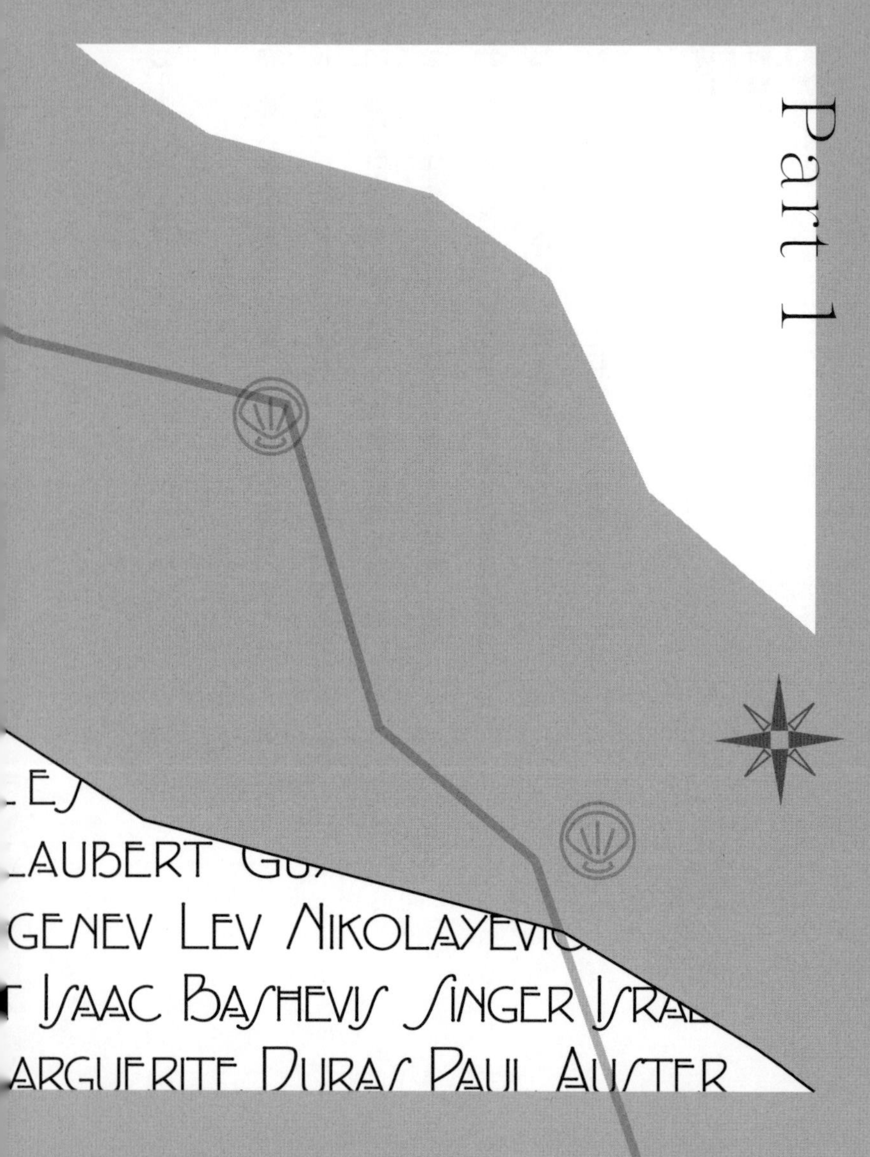

LAUBERT
GENEV LEV NIKOLAYEVIC
ISAAC BASHEVIS SINGER
ARGUERITE DURAS PAUL AUSTER

你聞說這城的上學路上，有動人的風景，
就轉乘了幾趟交通工具，
來到這陌生的岸濱。
這上學路上的人和風景，
將會一輩子陪伴著你，
只因巴黎是一席
流動的饗宴。
WALTER SCOTT
E.T.A. HOFFMANN
HONORÉ DE BALZA
VICTOR HUGO NATHA
HAWTHORNE
BAUDELAIRE GUSTA
DE MAUPASSANT IVAN
TOLSTOY MARCEL PR

01

以歷史襯托出人物的經典——司各特的《撒克遜英雄傳》

「死亡是最後的睡眠？不，它是終極的覺醒。」

——司各特《撒克遜英雄傳》

WALTER SCOTT

1771-1832

沒人舉手。

為了確認清楚，我再問了一遍：「你們有讀過金庸的作品吧？」

仍是，沒人舉手。

學生都面面相覷，實在難以判斷，這批剛入學的新生，是真的沒有讀過金庸的作品，抑或只是不好意思在陌生的環境裡，積極回答老師的提問。

「這還未算驚嚇……」從事影視研究的同事後來對我說：「現在的學生，原來都不怎麼看周星馳的電影了。」

如此說來，我才想起，有次當我以《龍珠》為例，眉飛色舞地講述故事結構設定方法，一心以為學生會產生共鳴時，卻發現講台下竟是一片茫然的臉孔，彷彿我所講述的，是某個南太平洋群島山區聚落的一段神話傳說。

一個又一個曾經建構了一代人文化身份的「永恆經典」，逐步變成了「時代記憶」，再漸漸遭到遺忘，這實在難免教人感到唏噓和寂寞。

這是大眾文化的宿命嗎？

那天，我聽法國電台廣播的時候，碰巧聽到我很仰慕的法國歷史學家帕斯圖羅

（Michel Pastoureau）在一個訪問裡談到相似的經驗，才意識到，即使是所謂的純文學作品，也難逃遭到遺忘的危機。

帕斯圖羅曾在巴黎高等研究應用學院（École Pratique des Hautes Études–PSL）以司各特（Walter Scott）的《撒克遜英雄傳》[1]（*Ivanhoe: A Romance*）為文本，主講了一個橫跨三年的課，專門探討浪漫主義（Romanticism）時期的公眾和作家如何理解和表現中世紀。帕斯圖羅一開始以為來聽課的人都一定讀過《撒克遜英雄傳》，但事實卻不然，只有年紀較大的聽眾讀過這部作品，而在年輕人之中，就只有少數知道這部著作。

細心一想，不禁發現，一直以來，似乎也鮮少聽到有同代人提及過《撒克遜英雄傳》或者司各特，而我首次聽到司各特的名字，則大概是在中學時期，當時我正著迷於金庸的武俠小說，於是就似懂非懂地讀了一些作者傳記和評論，對司各特、《三劍客》（*Les Trois Mousquetaires*）的作者大仲馬（Alexandre Dumas），還有雨果三人跟金庸武俠小說的淵源，留下了一點模糊的印象。後來再和司各特相遇，已經是到法國念大學的時候。那大概是文學史或者十九世紀法國文學專題的課，課上談到了浪漫主義文藝思潮的發展，於是也就觸及到司各特對大仲馬和雨果小說的影響。

一直以為，武俠小說是中國文學的獨有產物，直到讀到《撒克遜英雄傳》才明白，所謂的江湖，絕不單單存在於中華古代的錦繡山河之中，而是同時存在於中世紀不列顛群島盎格魯—撒克遜人（Anglo-Saxon）群居的森林當中。

十八世紀下半葉，歷史小說如雨後春筍般在英國出現。這股潮流的起源，跟日漸普及的流通圖書館（Circulating Library）不無關係。

在深受資訊泛濫困擾，我們對別人在街上遞來的印刷品——即使印刷精美——已經不屑一顧的今天，我們恐怕已難以想像，印刷品的出現與流通，實際積澱了多少人類文明的智慧。

是的，在悠長的人類文明歷史裡，實際要到近代的百多二百年，閱讀和書寫才真正開始變得普及。在人類過去非常漫長的一段歲月裡，文字僅屬於少數受過專業訓練人員的專利；至於書本，對於當時的人而言，更是一種包含著身份象徵的奢侈品。這種情況在西方，一直到十五世紀中葉，經過古騰堡（Johannes Gutenberg）所掀起的印刷革命後，才開始改善，但即便如此，在司各特所身處的十八、十九世紀，書籍仍然毫不便宜。因此，如果讀者想多讀幾本書，特別是新近出版的書籍，委實並不容易。

基於這些背景，流通圖書館就愈來愈受歡迎；這些圖書館，跟私人圖書館或商業性質的租書店十分類似，讀者只須向流通圖書館繳交一點費用，就可以借閱到最新出版的書籍，而多虧這些圖書館的興起，當時的讀者就能夠更輕易地接觸到更多的書籍。流通圖書館的出現，直接刺激到閱讀人口的增長，也擴大了出版市場，而由於歷史小說是當時其中一種最受歡迎的作品，許多歷史小說作家和作品就應運而生，其中最矚目的作家，無疑就非司各特莫屬。

司各特在一七七一年出生於蘇格蘭首府愛丁堡，天生體弱且因曾經罹患小兒痲痺症而右腳跛足。為了休養，司各特被送到祖父的鄉下農場去生活。這段經驗，除了讓司各特得以親近蘇格蘭的自然景貌，還讓他接觸到許多民間傳說和歷史故事。這些經驗，日後更成為了司各特放棄律師工作，全心投入歷史小說創作的重要因素。

今天，對於大部分讀者而言，司各特其人及其作品之所以值得寫進文學史，乃是因為他是一位承先啟後的小說家；然而，估計只有資深的司各特讀者和研究者，才會知道和在意司各特的詩人身份。是的，司各特是一位詩人，而且在他最初投身文藝創作之時，他所書寫的並非小說，而是詩。那是十八世紀的九十年代，司各特在愛丁堡皇家高中學習了好幾年，期間他零星地撰寫了一些散文，然後司各特接觸到一批德國作家的作品，特別是歌德和萊辛（Gotthold Ephraim Lessing）的戲劇和詩歌。司各特對這些作品深深著迷，於是就通過模仿德國傳統和當代的詩歌，開始創作自己的詩。

司各特的敘事長詩，讓他成為了英國浪漫主義時期，稿費收入最可觀，以及作品最被廣為閱讀的詩人，而這些詩歌也深深影響到他的同代和後代作家，特別是英、法兩國的浪漫主義文學代表人物，諸如拜倫（Lord Byron）和大仲馬、雨果等人。而一八一三年，更可說是司各特創作生涯的一大高峰，因為就在這一年，詩人派伊（Henry James Pye）離世，結果司各特隨即獲選為桂冠詩人。

可是司各特卻以自己不願意受命寫作為由，回絕了這個任命。

推卻了桂冠詩人的次年，司各特開始投入到小說創作，他首先匿名發表了散文體小說《威弗萊》（*Waverley*），並獲得了空前的好評。自此，一直到一八三一年，即司各特辭世的前一年，他的小說創作一直都沒有間斷過，而其中最為膾炙人口的，無疑就是《撒克遜英雄傳》了。

《撒克遜英雄傳》以十二世紀的英國為舞台，當時定居在這片土地上較久的撒克遜人（Saxon），以及在一個世紀前入侵英格蘭，成為了新興領主的諾曼人（Norman）擁有非常尖銳的利益衝突和民族矛盾。為了替撒克遜人挽回頹勢，撒克遜地方領主塞德里克（Cedric）準備將他所監護的羅文娜（Rowena）嫁給擁有撒克遜王室血統、英國王位的潛在繼承者——埃塞爾斯坦（Athelstan），藉此壯大撒克遜民族的力量。

就在這時，塞德里克的兒子——艾凡赫（Ivanhoe），在隨同獅心王理查一世參加第三次十字軍東征，轉戰巴勒斯坦聖地之後，以神秘人的姿態，回到塞德里克的領地。艾凡赫先解救了被諾曼騎士盯上了的猶太商賈艾撒克（Isaac）；然後在比武大會上大顯身手，擊敗了聖殿騎士基爾勃（Bois-Guilbert）。

艾凡赫雖然在比武大會獲勝，但同時也身受重傷昏倒，結果當他的頭盔被脫下的一刻，他之前死活不願公開的真實身份，最終還是暴露了。受過艾凡赫恩惠的猶太商人艾撒克，有一個懂得醫術的女兒蕾貝卡（Rebecca），於是艾撒克父女就一邊替艾凡赫療傷，一邊隨同塞德里克返回領地。

眾人行至半路，在比武大會上戰敗的聖殿騎士基爾勃帶著隨從突然殺出，他將艾凡赫一行人俘擄到一座諾曼人的城堡。艾凡赫等人被擄一事，傳到曾在比武大會上協助過艾凡赫一臂之力的「黑騎士」耳中，於是「黑騎士」聯同綠林好漢羅賓漢立即前往解救。

激戰之際，基爾勃趁機將蕾貝卡搶走，帶到一處聖殿騎士的根據地，然而此舉卻違反了修道院的規矩，教派樞機為了保護教派的名聲，竟誣衊蕾貝卡是女巫，要將之處以火刑。

按照當時風俗，如果有人能代表蕾貝卡和聖殿騎士決鬥，並且戰勝，那麼就可以證明蕾貝卡無罪。就在蕾貝卡的生命危在旦夕之際，艾凡赫及時趕到，並且戰勝了基爾勃，解救了蕾貝卡。與此同時，「黑騎士」也帶著部下趕到，以謀反罪名逮捕了聖殿騎士團的部分領袖，而這個「黑騎士」，原來就是參加第三次十字軍東征後，從聖地返回的獅心王理查一世。

雖然艾凡赫對蕾貝卡和羅文娜都懷有愛意，但由於當時歐洲社會對猶太人相當排斥，蕾貝卡只好隨父親離開英國，轉往西班牙的格拉納達（Granada）；而艾凡赫也在獅心王理查一世的介入下，與父親和好，並和羅文娜完婚。

《撒克遜英雄傳》之所以大獲好評，毫無疑問，跟它峰迴路轉且別具張力的劇情有關。主題方面，小說除了觸及撒克遜人和諾曼人的民族恩怨，司各特也通過故事中的猶太人角色，激發同代讀者對反猶太情緒加以反思。除此之外，故事還涉及了複雜的男女之情、父子之情，以及理查王與約翰王之間的兄弟鬩牆和宮廷陰謀等等，這些元素，實際都是後來許多小說作家和編劇打造劇情小說和劇本時的必備元素，而小說裡，通過下落不明的角色——艾凡赫和獅心王理查一世等人——以神秘人的身份回歸舞台，藉此營造懸念和驚喜的安排，也成為了後世不少作家加以借鑒的手法。[2]

至於從文體的角度而言，司各特對英國歷史小說的開創性，更是舉足輕重。在司各特之前和同期，英國其實已經有不少歷史小說作家，司各特格外受到讀者鍾愛，乃是因為他的歷史小說在形式和精神上超越了其他作家。

司各特之前的歷史小說，大都將焦點放在歷史事件的陳述上，這些小說對於人物，尤其是英雄人物的刻畫，處理得較為表面；而司各特卻從思想、感情等方面，對人物作了鮮明的描寫，因此他的歷史小說故事，往往較其他作家的，更能予人留下深刻印象。

除此之外，司各特處理歷史事件的態度，亦跟其他作家迥異。司各特明白，歷史小說的目的，並不在於考證歷史，歷史在司各特的小說裡，僅僅是一個敘事框架，一個供人物表演、活動的舞台，這舞台並不是為了制約人物的行動，而是為了要將人物的個性、形象更生動地展現出來。於是，人物在歷史框架的隙縫之中，往往能藉語言、行為和情感，展現一種超越時代的普世精神，例如作為《撒克遜英雄傳》故事舞台的十二世紀，猶太人普遍都受到排擠和歧視，而司各特卻讓猶太人艾撒克及其女兒蕾貝卡擔任相當重要的角色。司各特通過艾凡赫與艾撒克父女的互動，彰顯了艾凡赫的俠義精神，還有他能夠擺脫偏見，保護和戀慕蕾貝卡的複雜感情。藉著這些情節佈局，司各特讓讀者在參與角色旅程的同時，也得到極大的思想和情感啟發。而以上種種因素，也是司各特得以別樹一幟，成為英語文學史裡，一位無可取替的大師的原因。

註

1｜亦有《撒克遜劫後英雄略》、《英雄艾凡荷》、《艾凡赫》、《艾凡豪》等其他中文譯名。

2｜例如雨果的《悲慘世界》（*Les Misérables*，或譯《孤星淚》），主角尚萬強（Jean Valjean）在放棄自己的假釋身份後，洗心革面，改名換姓，並成為了一市之長；又或者是《神雕俠侶》的楊過，在等待與小龍女再會之時，成為了傳聞中到處行俠仗義的神雕俠等等。

Ivanhoe: A Romance

02

無睡意文學——E.T.A. 霍夫曼的奇幻小說

「或許，你也會相信，沒有甚麼比現實生活更美妙、更神奇的了，作家所能做的，就是把它呈現猶如『在一隻玻璃杯中，幽暗地』。」

——霍夫曼〈沙人〉

E.T.A. HOFFMANN

1776-1822

「純文學作品通常都比較文藝，藝術價值較高，但內容不一定有趣，有時甚至會比較沉悶；至於大眾文學或作品往往具娛樂性和趣味，但藝術價值卻比不上純文學作品。」

聽學生介紹和交流閱讀心得時，偶爾會聽到以上的想法。踏進書店，我們現在很容易有這樣的錯覺——純文學（或有時就稱作文學）跟大眾文學（又或者稱作流行讀物、通俗文學、暢銷小說……）似乎壁壘分明，彼此屬於不同的場域，互不交疊，且似乎各具前文提及的特質。

可是文學作品，是否都真的能夠如此區分呢？又或者，換一個角度問，有趣的作品，難道就不能同時擁有較高的藝術價值？

翻開文學史，多找一些參照，我們就不難發現，饒富趣味的作品，並不必然欠缺文藝價值；而別具深度的文藝作品，也並不必然沉悶。而如果我們能夠耐心上溯一下各種文學類型的淵源，我們更會發現，一些表面看似不盡相同的文學類型，骨子裡原來包含著相同的基因。

十九世紀法國作家莫泊桑有一篇題為《奧爾拉》（*Le Horla*）的短篇小說，故事的主人公懷疑自己發現了一種肉眼看不見的生物，這是一種寄生生物，可以支配宿主的精神意識。主人公覺得自己已逐步被這種生物支配，因為當他照鏡的時候，他已經不能再看到自己。主人公認為，唯有火才能將這種生物剷除，於是他燒了自己的房子，結果他的僕人就在這場火災裡喪生了……

這是一篇以科學與精神疾病為題材、情節撲朔迷離、充滿象徵和壓迫感的小說，而它同樣是現代奇幻小說的其中一部先聲，啟發了日後不少奇幻影視作品和文學。

奇幻小說，今天已可說是西方甚至世界大眾小說的主流，現在已沒有幾家書店，裡面是沒有吸血鬼、「喪屍」或者鬼怪題材的作品。不過，又有多少奇幻小說的讀者知道，奇幻小說的發展，跟西方的浪漫主義文學，存在非常緊密的關係？

萌發於十八世紀的浪漫主義思潮，是一個極其複雜的思想文化運動，它影響了西方各國不同的藝術領域，並催生出近代西方文化藝術的豐富樣式。談到西方的浪漫主義文學，讀者可能會想到德國歌德的《少年維特的煩惱》（*Die Leiden des jungen Werthers*）、英國華茲華斯（William Wordsworth）的詩歌、法國雨果的《悲慘世界》等等；但除了這些耳熟能詳的作家和作品外，浪漫主義運動，還孕育了不少獨特的文學類型和作家，其中尤其值得一談，就是哥德式文學（Gothic Literature）[1]和它的其中一位代表作家——霍夫曼（E.T.A. Hoffmann）。

浪漫主義運動，在不同國家所興起的時間都不盡相同；而它在不同時期、不同國家，以及不同作家的作品裡，所展現的特質也不一樣，因此嚴格而言，浪漫主義藝術的美學主張，很難說有一種放之四海皆準的普世定義。儘管如此，浪漫主義作品，還是有一些比較相近的特點，這些特點包括：作品裡展現了豐富的想像力；甚至可以反過來說，浪漫主義文學是一種鼓勵想像力在作品中加以迸發的文學流派。此外，浪漫主義文學也非常重視「直覺」在作品中的展現，浪漫主義作品容許作家充分展開他們對世界的主觀觀照，所以浪漫主義作家也十分重視如何通過作品（乃至個人生活[2]）來展現他們的個性，對他們而言，文藝作品所要探索和表現的，並非客觀的表象，而是自我內心的真實展現。因此浪漫主義文學作品具備強烈的唯心主義（Idealism），相比永恆，浪漫主義作家更關心稍縱即逝的當下，也極為重視瞬間乍現的靈感——哪怕這些靈感並不一定符合理性原則。

浪漫主義運動，實質是一種對古典主義和新古典主義文藝觀念的反動，古典主義藝術講求理性和秩序，基於這些原因，古典主義藝術往往為統治者所提倡，也跟王權有著密切的關係[3]。凡此種種，卻正是大部分浪漫主義作家所難以接受的。浪漫主義強調個人，浪漫主義作家的政治取態往往傾向高舉自由與革命；與此同時，對於人的理性所無法介入的巨大存在——自然世界，浪漫主義作品，無論是文學、視覺藝術或者音樂，都會表現出崇敬之情。至於理性所無從解釋、說明的各種神秘和超自然事物，更是浪漫主義作家極感興趣的題材。

浪漫主義藝術家關注自然，因為自然在他們眼中十分崇高（Sublime）[4]，它教人產生一種崇敬之情和感動。不過，自然裡的各種奇妙又神秘的現象，除了教人產生敬意之外，同時也教人畏懼，感到壓迫和威脅，而這些從自然而來的感覺，無論是可敬或者可畏、積極或者消極，都因其巨大的感染力，而引起浪漫主義作家的興趣，而這正是浪漫主義文學所衍生出的哥德式文學的其中一個原因。

哥德式文學往往喜歡從較為陰鬱的角度，去展開故事，而德國作家 E.T.A. 霍夫曼，就是這個探索領域的其中一位先聲。

霍夫曼的文學創作生命，起步得相對較遲，而且十分短暫。從一八〇八年他以三十二歲的年紀發表第一篇短篇小說算起，直到他在一八二二年去世為止，僅有十四年的光陰，但在這相對短促——並且須要同時擔任司法官員，從事法律工作的創作生涯裡，霍夫曼還是留下了數量可觀，而且也別具影響力的作品。

霍夫曼在一八一七年出版的《夜曲》（*Nachtstücke*），可說是這段創作生涯的其中一個重要里程碑。《夜曲》由八個短篇小說組成，分別是〈沙人〉（*Der Sandmann*）、〈伊那茲·德拿〉（*Ignaz Denner*）、〈位於G城市的耶穌會教堂〉（*Die Jesuiterkirche in G.*）、〈讚美詩〉（*Das Sanctus*）、〈荒宅〉（*Das öde Haus*）、〈長子名分〉（*Das Majorat*）、〈誓願〉（*Das Gelübde*）和〈石心〉（*Das steinerne Herz*），八個題材豐富、結構精密的故事，其內容雖然並不相關，但都擁有相近而獨特的大綱。這些故事大都由一些詭異事情展開，引來故事的一眾人物去追查，而人物對這些詭異現象的解釋，就押在小說的最後才揭曉。

霍夫曼很擅長為故事刻畫一些人格分裂的角色，然後再通過精妙的敘事鋪排，描繪主人公所主觀理解的世界，每當這些故事發展到某個階段，霍夫曼就會以客觀的敘事觀點，向讀者揭示有別於主人公視點的「客觀現實」。藉著這種主、客觀對照的敘事結構，還有小說主人公所遭遇的詭異事件，霍夫曼鮮活地刻畫了人類處身於近代社會裡所經受的各種生存焦慮。

以《夜曲》裡面的〈沙人〉為例，故事先以書信體講述大學生納塔內爾（Nathanael）童年時所遭遇到的「沙人」[5]，還有這位「沙人」跟他父親之死的神秘關係。這位神秘的「沙人」在納塔內爾父親死亡後就銷聲匿跡，但納塔內爾卻沒想到，多年過後，「沙人」卻化名成一位晴雨計商人，再次出現在到了外地求學的他面前，並向他兜售產品。及後，小說轉換了敘事觀點，以第三人稱講述納塔內爾一直受到這位「沙人」的煩擾，和他陷入一段詭異愛情關係的經歷……

〈沙人〉這個故事除了曲折離奇、別具趣味，同時也包含了相當的思想深度，特別是霍夫曼對人的焦慮所作的思考。故事中的主人公納塔內爾，看似遭遇到一股不可抗拒的神秘力量（或者應該稱為命運）所侵擾，但隨著故事發展，讀者漸漸看到整個悲劇的發生，實乃源於納塔內爾自身的悵惘，他所恐懼的事物，實際並不完全存在於現實世界，而是源於他的內心。

須要留意的是，在霍夫曼眼中，各種詭異的事物，例如鬼魂、活死人、魔法師，或者女巫，雖然不一定存在於世，但他們仍然是「真實的」，因為儘管這些事物沒有實體，但它們卻實實在在地在現實裡影響人的想法、判斷和情感，深重地影響著人們的生活——對於身歷其中的人而言，這些事物其實是一種所謂的「心理現實」的存在。前文提及，浪漫主義文學強調主觀、直覺、講求唯心主義等主張，而霍夫曼在作品裡所展現的理念，正正就跟這些主張相契合。

將奇幻的懸疑故事結合現代的心理學和精神分析學，正是霍夫曼小說的一大特點，莫泊桑的《奧爾拉》，可說是站在霍夫曼開拓出的路徑上而創作出的作品。霍夫曼的奇幻作品影響十分深遠，成為了現代的懸疑、奇幻、偵探、科幻等小說的先聲。細心而閱歷豐富的讀者將不難發現，愛倫·坡（Edgar Allan Poe）的偵探小說，以及科幻小說經典——瑪莉·雪萊（Mary Shelley）的《科學怪人》（*Frankenstein*），實際都帶有霍夫曼小說的影子。

除了陰鬱氣較重的懸疑、奇幻小說外，霍夫曼的作品，也為我們留下了恍如燭光般溫暖的遺產。每年聖誕，我們都會看到《胡桃夾子》（*The Nutcracker*）的演出廣告，這部由柴可夫斯基（Tchaikovsky）編寫的芭蕾舞劇，其故事藍本，其實是來自霍夫曼的《胡桃夾子與老鼠王》（*Nussknacker und Mausekönig*）。

霍夫曼以他的作品告訴我們，無論是溫暖或是陰冷的作品，都可充滿趣味；而充滿趣味的作品，亦未嘗不可具有相當的藝術價值和思想深度。

純文學與大眾文學的高低之別，說不定只是個偽命題。真正讓文學作品構成差別的，並非在於它們的題材或者類型，而是在於它們本身是否優秀。

註

1 部分讀者可能會被「哥德」這個中譯詞語混淆，誤將哥德式藝術裡的「哥德」（Gothic），與德國作家歌德（Goethe）混為一談。Gothic 的字源跟 Barbarian 頗為相似，它們本來都是指一些非希臘、羅馬文化傳統的事物，帶有一定的貶義色彩。在法國，人們於十六世紀文藝復興時期左右，開始以 Gothique 去稱呼特定的藝術，特別是那些具有中世紀風格的作品（例如教堂建築），並將這些藝術風格與文藝復興時期所高舉的希臘、羅馬古典藝術，以及文藝復興時期所興起的藝術風格加以區別。

2 例如個人的愛情生活、政治表態，以及一些充滿個人主義和英雄主義的行為。

3 法國十七世紀，就是法國王權高漲的時期，當時的法王路易十四，通過各種政策來集中權力，而這時期也是法國古典主義藝術的高峰期，凡爾賽宮是古典主義建築的典型，而古典主義戲劇，也在此一時期，通過莫里哀（Molière）、高乃依（Corneille）和拉辛（Jean Racine）的作品，達到空前的高峰。這些古典主義作品，在彰顯王權和宣播符合王權的道德價值觀上，扮演了重要的角色。

4 英語的 Sublime，相信是來自法文的同一字詞，又或者是從拉丁文的 Sublimis 轉化而來，而兩者均有崇高、尊貴、傑出的意思。

5 「沙人」本來是西方童話裡，在夜晚撒沙子，讓小孩睡覺的人物。霍夫曼借用了這個典故，在〈沙人〉裡塑造了一個在童年夜間不時造訪納塔內爾家的神秘人物。

Der Sandmann

03

社會動物園——巴爾札克的《人間喜劇》計劃

「他用劍所完成的，我將以筆來完成。」

——巴爾札克

HONORÉ DE BALZAC

1799-1850

一九六三年，法國「新小說」的旗手羅伯—格里耶（Alain Robbe-Grillet）在他的《為了一種新小說》（*Pour un Nouveau Roman*）裡說道：「現今唯一流行的小說概念，事實上，就是巴爾札克式的」。羅伯—格里耶說這句話，並非要推翻巴爾札克，而是呼籲人們儘量去探索一些巴爾札克式以外的小說形式。

羅伯—格里耶的呼籲，說明巴爾札克對十九、二十世紀的法國作家而言，地位有多重，我們甚至可以誇張點說，對於不少法國作家而言，巴爾札克就是小說的代言人。

巴爾札克能夠成為一代小說的代言人，並非因為他身處的時代沒有其他優秀作家；事實恰恰相反，巴爾札克身處的十九世紀，正是法國小說最輝煌的時代，大文豪雨果、《紅與黑》（*Le Rouge et le Noir*）的作者司湯達（Stendhal）、《包法利夫人》（*Madame Bovary*）的作者福樓拜（Gustave Flaubert）、《三劍客》的作者大仲馬等一眾舉足輕重的小說家，均或略早或稍遲，活躍於巴爾札克所生活的時代，這些作家更有不少人，跟巴爾札克有所往來。巴爾札克能夠在眾星之中脫穎而出，甚至被雨果稱為「滿有才華和天賦的人」殊非偶然。

巴爾札克的出道時間稍晚於雨果，當巴爾札克於一八二九年首次以自己的真名出版《舒昂黨人》（*Les Chouans*）時，雨果已經在文壇享負盛名。儘管如此，巴爾札克仍自視甚高，他於供在桌上的拿破崙（Napoléon Bonaparte）像上寫道：「他用劍所完成的，我將以筆來完成」（Ce qu'il a accompli par l'épée, je l'accomplirai par la plume），勉勵自己要以作品來征服歐洲。

自出道起，巴爾札克的寫作計劃就非常宏大，他曾說自己要成為法國社會的秘書，詳盡記錄當時社會形形色色的人，講述他們的故事，因此他為他一系列的小說賦予了一個名稱——《人間喜劇》（*La Comédie humaine*）。從這個名字可以看出，由創作早期開始，巴爾札克就以十三、十四世紀的文學巨匠但丁（Dante Alighieri）為目標，因為但丁的代表作《神曲》就被稱作「La Divina Commedia」[1]，意為「神聖的喜劇」。

巴爾札克的《人間喜劇》系列，是一個龐大的寫作計劃。這些小說的主要敘事時間，由法國大革命爆發的一七八九年，一直涵蓋到一八五〇年巴爾札克去世的那一年，而部分故事還折射到此範圍以外的時間，時間跨度非常之長；至於各故事所涉及的地域，更包括了法國許多地點和歐洲其他城市；人物方面，據統計，在《人間喜劇》九十一部作品裡（巴爾札克本來預算有一百三十七部），共有二千多個人物登場，其中五百多人重複、交錯地出現在不同的故事裡面。巴爾札克非常豪邁又自信地表示，他希望通過刻畫這些為數眾多，來自不同階級，擁有不同背景，且具有相當代表性的人物，儘可能去記錄法國的種種風俗。

巴爾札克建構《人間喜劇》的方式，部分意念乃源於同時代的科學和社會學主張。巴爾札克非常有意識地要在小說裡將社會上不同階層、不同背景的人物分門別類，這種理念實際是受到動物學的啟發。他將社會上不同類型的人物，例如工人、銀行家、貴族、政治家、律師、醫生等等加以歸納，並塑造成典型人物，再通過小說故事展現出來。這種塑造和呈現人物的方式，就像動物園將不同種類的動物，例如猛禽、猿猴、有袋動物、齧齒動物等等來加以區分，而小說故事本身，可說就是巴爾札克展示形形色色動物的動物園。動物學的這個概念，也影響到巴爾札克在小說裡對物件、建築物的描寫方式。巴爾札克對於物件具有非常敏銳的觸覺[2]，這一方面源於個人嗜好；另一方面，則是來自生物學的概念——不同的物種自有其所屬的生活環境、條件和空間，如果要將不同的典型人物（物種）準確地描繪出來，就必須充分描繪他們的所屬環境。

對巴爾札克而言，人和動物有許多共通的地方，而社會實際就是一座叢林。與此同時，巴爾札克的社會觀還蘊含著強烈的進化論影子，在他的筆下，社會就像一個軀體，而錢就是血液，賦予軀體生命，讓身體的各組織（人物）得以活動，因此銀行家和資本家在巴爾札克的小說裡，往往扮演著重要的地位。除此之外，權力也是賦予社會生命力的另一個重要因素，所以巴爾札克的小說裡也刻畫了不少政客。值得補充的是，除了政治上的權力，巴爾札克也注意到資訊對社會所產生的力量，因此記者和報業工作者也是他不時描寫的人物類型。這幾類人物借助他們自身的專長和力量，不斷地去滿足自己的慾望和野心。巴爾札克有不少作品，例如代表作《高老頭》，就講述了角色如何想方設法，在社會裡逐步爬升，征服巴黎的社交場合。這種征服社會的故事，成了日後不少小說和影視作品的藍本，香港八十、九十年代許多以大亨為主角的電視劇故事，就具有濃厚的巴爾札克小說影子。

巴爾札克的作品擁有極強的時代觸覺，這從《驢皮記》（*La Peau de Chagrin*）的開首可見一斑：「約在一八三〇年十月底，一個青年人在皇宮區的賭館營業時間走了進去，法律包庇賭博這種嗜好，主要因為它可以徵稅。這青年人沒有怎樣遲疑，便從三十六號賭館的樓梯走上去。」[3]

一八三〇年法國七月革命（Révolution de Juillet）後，貴族和教會的影響力迅速消逝，巴黎皇宮區原來的貴族宅第，許多都淪為了賭館。教會昔日提倡的道德觀遭受挑戰，賭館、酒館和妓院在巴黎大行其道。然而社會這種翻天覆地的變化，對年輕人來說，亦是一種機遇，所以故事主角瓦朗坦（Valentin）才會心存僥倖，毫不遲疑，直奔賭館。巴爾札克藉著三言兩語，就將法國當時的時代特徵、人們的普遍心態精準地勾勒了出來，而更難得的是，《驢皮記》發表於一八三一年，亦即時代轉變沒多久之後。所謂當局者迷，在一切尚未塵埃落定之時，巴爾札克已能冷靜捕捉身處時代的精神特徵，「法國社會的秘書」——巴爾札克實在當之無愧。

我們今天寫作，又是否能像巴爾札克一樣，可以準確把握並描繪自己所身處的社會，以及它的時代精神？

寫實的時代紀錄是巴爾札克作品的一大特點，但巴爾札克其實也有不少作品觸及到神秘、懸疑和充滿幻想的題材。事實上，巴爾札克在他的早期小說裡面，就表現了對神秘題材的濃厚興趣，上面提到的《驢皮記》，故事核心就跟一張可以滿足人願望的神奇驢皮有關，《驢皮記》整個故事就像一篇寓言故事，探討人如何被自己的慾望主導，最後難以自拔；至於另一篇《未知的傑作》（*Le Chef-d'œuvre inconnu*）也是一篇頗有東方寓言色彩、講述理想之美之神秘的有趣故事；而一八三一年出版的《放逐》（*Les Proscrits*），則敘述了巴黎大學一位神秘的神學博士——西吉爾（Sigier）引導兩位年輕人去發現他們前生的詭異故事。

《人間喜劇》裡有不少這樣的神秘故事，也跟巴爾札克獨特的社會觀有關。巴爾札克認為現代社會就像一個陰暗不明而且聲音難以貫透的場域，而在這場域裡，到處都隱藏著有待發現的故事，特別是怪異的、教人大吃一驚的故事。這樣的一種時代和社會觀，多少跟浪漫主義的文藝觀念有關。雖然巴爾札克並非浪漫主義運動的代表人物，但由於浪漫主義運動的文藝觀念在十九世紀的法國文藝界，具有舉足輕重的影響力，因此十九世紀一眾法國作家的審美意識，多少仍受到浪漫主義的一些文藝取向所影響。浪漫主義文藝觀主張置個人激情於藝術創作的首位，而這種觀念跟巴爾札克充滿能量和激情的創作態度，可謂互相契合；至於浪漫主義藝術對神秘事物的興趣，也跟巴爾札克的世界觀遙相呼應。巴爾札克相信藝術家天生具有超越一般人的天才眼光，他們能夠看穿、明白和理解常人所不能理解的一切，因此巴爾札克相信心靈感應、磁場的神秘力量，同時更相信偉大思想對弱者所產生的微妙影響力……

巴爾札克認為，藝術家具有超凡的思想，所以他們能夠啟迪他人。這套想法雖然有點狂妄且欠缺事實根據，可是它正好說明了巴爾札克對個人意志和能量的信仰，巴爾札克認為，藝術家的意志和能量必須無視普通規律，它應該嚮往荒謬同時又崇高的理想，而不是社會上可憎而平庸的成規。

據說，巴爾札克能夠一天連續工作二十小時，胃口很大，而且無時不充滿能量。或許，他真的是他所想的那種超於常人的藝術家，因此他才能在短短二十一年間，創作出數量和質量都非比尋常的作品。

註

1 有關《神曲》的原始命名，一般認為是 *Commedia*（或者拼寫成 *Comedia*），因為在《神曲．地獄篇》第十六頌的一百二十八行，以及《神曲．地獄篇》第廿一頌的第二行，但丁分別以「這部喜劇」和「我的喜劇」來指稱整部作品。但丁以此命名作品，相信有兩個原因，一是基於文體的考慮，《神曲》所講述的，是一段從艱困走向正面結局的旅程，屬於古典喜劇所常見的結構；另外則是基於作品的風格，《神曲》所使用的語言，並非當時被視為高雅語言的拉丁文，而是相對通俗的古意大利語——在希臘、羅馬的戲劇傳統，悲劇往往被視為相對莊重、文藝的文體，劇本所採用的語言亦相對莊重、雅正；至於喜劇則被視為相對大眾、通俗的文體，因此所採用的語言也較為通俗，比較貼近日常生活口語。

至於《神曲》標題中的 Divina 相信是一三七三年《十日談》（*Il Decameron*）的作者薄伽丘（Giovanni Boccaccio）在他一篇題為《讚頌但丁的小論文》（*Trattatello in laude di Dante*）首次為《神曲》冠上的，不過 *La Divina Commedia* 這標題實際要到十六世紀中後期，威尼斯作家盧多維科．多爾切（Ludovico Dolce）在一五五五年以 *La Divina–Comedia di Danti* 為題出版的《神曲》版本，才開始變得普及，並為法國文藝界所沿用。

2 值得補充的是，巴爾札克很喜歡收集/收藏物件（例如帽子、手杖，以及其他東西），因此經常購物，並因而入不敷支，而他更為了逃避債務而經常搬遷。巴爾札克的購物和收藏慾，事實上是基於一個非常特別的時代因素：十九、二十世紀歐洲的工業發展、全球交通發展，以及歐洲國家不斷開拓殖民地，種種因素都大大改變了作家與物件的關係。以法國作家為例，除了巴爾札克之外，左拉（Émile Zola）可說是另一位喜歡在小說裡對物件作極細膩描寫的作家。隨著一八五二年，Le Bon Marché 擴充成為法國首間百貨公司，而作息非常規律的左拉，每天其中一項日程，就是去逛這家百貨公司。在這種嶄新的購物場所裡，作家得以在一個非常集中的地點，接觸到大量產品，而且其中更有不少是像茶葉、香料，以及更加稀罕的舶來品，這種經驗大大豐富了作家對物品——尤其是異國產品的認識，從而也影響到作家在作品裡，對於物件的描寫方式。

3 —由於小說法語版本在表達年份上，有一些需要附註說明的問題，而中文譯本亦同樣有一些細節有待商榷，為免混亂，此處引文乃轉譯自英文譯本：De Balzac, Honoré. *The Wild Ass's Skin*. Translated by Ellen Marriage, London: J.M. Dent & Sons, 1906, p.3.

La Comédie humaine

04

讓感性淋漓展現——雨果的浪漫主義文學經典

「為生命的巨大痛苦鼓起勇氣，
至於微小的就給予耐性。
然後，當你辛勞地完成一天的工作後，
就可以平靜地入睡。上帝醒著。
我信上帝，先生，我相信人性。」

——雨果〈一八四一年三月，致 Savinien Lapointe 信函〉

VICTOR HUGO
1802-1885

無論是從 Rue Bernard-Palissy 的餐館下班，抑或是外出之後，循聖日耳曼大街（Boulevard Saint-Germain）回家，都難免會穿過 Rue du Dragon 這條小街。

於是，我又從雨果的故居底下走過。

是的，在巴黎左岸（Rive Gauche）這邊也有雨果故居，而且不止一處。

對於今天造訪巴黎的大部分遊客而言，雨果的故居，恐怕就只是指位於巴士底（Bastille）旁邊，孚日廣場（Place des Vosges）裡的維克多．雨果之家（Maison de Victor Hugo），這當然並沒錯，那確實是雨果在一八三二至一八四八年期間，跟太太阿黛兒（Adèle Foucher）和四個孩子一起待過的居所。在這居所裡，雨果還完成了兩個系列的詩作和一些重要劇作，而後來他共花了十七年才完成的《悲慘世界》，也是於一八四五年在這幢房子裡開始動筆的。除了文藝創作，在這幢房子居住的期間，雨果的政治生涯也不斷推進，逐步在政壇發揮出舉足輕重的影響力。因此，從某種意義而言，這房子可謂見證了雨果前半生一段最美滿的時期，而作為今天供人憑弔這位偉大作家的朝聖點，孚日廣場的這間故居可謂非常合適。

不過，對於希望深入認識雨果這位作家的讀者，如果能夠造訪雨果在巴黎的其他住址，了解這些社區昔日怎樣和作家的生命交匯、互動，並啟發作家孕育出不同時期的作品，相信也會得到不少收穫。這些住址包括雨果愛女莉歐珀蒂（Léopoldine Hugo）於一八二四年誕生的住所 90 Rue de Vaugirard；以及兩年之後，隨著兒子查理（Charles Hugo）出生，整個家庭需要更多居住空間而遷往的 11 Rue Notre-Dame-des-Champs 等等。通過這些住址，及它們所存留的記憶，讀者可以了解到，儘管雨果是一位時代巨人，他仍難免會像普通人一樣，需要為生活的各種瑣碎而煩惱，一樣需要背負家累；在他馳騁於自我的文藝想像世界的同時，他仍然需要吸食人間煙火。至於上面提及那間位於 30 Rue du Dragon 頂樓的小房間，雨果在裡面駐留的時間雖然不長，但它也同樣見證了雨果創作生命振翅雄飛的關鍵時刻，因為就在這小房間裡，雨果完成了他的第一部詩集《頌詩與雜詠集》（*Odes et poésies diverses*），並獲得了極大的迴響。

通過不同的住址去重構雨果多向度的生命面貌，從某程度上提醒我們，我們對於許多經典作家和作品，以及一些文藝觀念的認識，往往都像瞎子摸象；我們對這些事物的認知，不時受制於有限和偏頗的資訊渠道，例如媒體或者道聽途說，結果稍不注意，就會滑進刻板的表面印象，甚至錯誤的認知。

許多讀者都知道，雨果是位舉足輕重的作家，不少讀者相信還能道出雨果所創作的一兩部作品；可是大部分人對雨果的認識，也就僅止於此，至於雨果為甚麼會在法國文學史和世界文學史上佔有重要的席位，不少讀者恐怕都茫無頭緒。

雨果之所以能夠成為十九世紀的法蘭西文化巨人，首先跟他的文藝貢獻有關，他除了是一位小說家，還是一位極具影響力的詩人和劇作家，他通過自己的小說、詩作、劇作和評論，為他所主張的嶄新文藝觀念作了具體的示範，為法國文學帶來了許多變革；而在文藝創作之外，他還是一位極其重要的政治人物，他曾經是君主制的支持者，但後來又逐漸轉向擁護共和、反對帝制。他積極爭取廢除死刑，且通過文藝創作和政治手段，極力捍衛窮苦大眾的權益。可以說，雨果無論在文藝或者政治領域，都是時代的先鋒。因此，當雨果於一八八五年逝世之後，法蘭西共和國為他舉行了國葬，而沿途送別的人，據說更有二百萬人之多。雨果的遺體，最後安放在專門供奉國家英烈的偉人祠（Panthéon）裡，而他在法國歷史上的地位，鮮有其他作家能夠企及。

現在談到雨果，許多人都會想起《悲慘世界》的影視改編（又或者是百老匯歌劇版）裡面的 *Look Down* 以及 *Do You Hear the People Sing* 等歌曲。這些歌曲都有一種激動人心的氛圍，而這氛圍，跟雨果的小說——特別是《悲慘世界》，可謂非常搭調。

雨果小說有一種宏大的氣魄，這股氣魄除了源於作家的個性與才情，同時也跟作家所身處的時代有著密切的關係。十九世紀的法國，政局混亂，自一七八九年爆發法國大革命之後，整個國家都非常動蕩；除了內憂，歐洲多國宮廷都擔心革命共和之火會蔓延到自己的國家，於是紛紛派兵攻打法國的共和軍，種種因素，均對剛誕生不久的法蘭西第一共和國，構成了嚴重威脅。這種內外交困的局面，後來隨著拿破崙掌權和他的征戰而逐步逆轉。可是這片新氣象，卻又因為拿破崙的戰敗和流放而再次改變。緊接其後的，是波旁王朝的復辟、二月革命、拿破崙三世（Napoléon III）的掌權和失勢，最後又出現了第三共和國……幾十年間，君主專制與民主自由兩股力量不斷拉鋸，而雨果的作品，即在這樣的歷史背景下誕生，並展現出作者對人文、社會、政治問題的深刻反思。

以雨果最後一部創作的小說《九三年》（*Quatre-vingt-treize*）為例，故事就選擇以一七九三年，法王路易十六被送上斷頭台後，保皇軍與共和軍在旺代省（Vendée）的戰爭為背景。小說裡，兩個陣營的領袖——朗特納克侯爵（Marquis de Lantenac）和郭文子爵（Gauvain）本為宗親，但因政治理念的差異而兵戎相見。叔公朗特納克是保皇軍的領袖，而姪孫郭文則隸屬共和軍。保皇軍在戰役中節節失利，一直退守到圖爾格堡（La Tourgue），由於無法扳回頹勢，保皇黨最後決定放火燒城撤退。就在燒城撤離之後，朗特納克侯爵得悉有三個小孩尚在城裡的塔樓，於是他就折返城堡救出三個小孩。結果孩子們雖然都成功獲救，但朗特納克卻被共和軍俘虜，而事有湊巧，共和軍陣營中負責發落朗特納克的，正正就是其姪孫郭文子爵。郭文認為，朗特納克雖是敵人，但從人道主義的角度而言，他的義舉實在值得尊敬；另外，從倫理關係而言，他更是自己的親戚，所以他實在應該饒朗特納克侯爵不死。可是，在共和軍陣營擔任監軍，同時又是郭文恩師的西穆爾登神父（Cimourdain）並不同意郭文的想法。最後，郭文在別無他法的情況下，偷偷到牢獄跟朗特納克交換衣服，助其越獄，而自己則留下，承擔釋放戰俘的責任。

違反軍紀的郭文，最後被帶到斷頭台上處決，而同一時間，西穆爾登也因為無法調適情理之間的矛盾而開槍自殺。

這些人物的結局，都太悲情了吧？是的，雨果的作品裡，經常會見到這類充滿激情的悲劇人物，《悲慘世界》裡的主角尚萬強就因為偷了一個麵包而被判入獄十九年，後來經過一番曲折，他最後以自己的下半生來贖罪，證明自己是個良善的人；至於故事的另一關鍵角色，警察賈維（Javert），他的意志亦十分驚人。賈維嫉惡如仇，鍥而不捨地追蹤尚萬強多年，最後發現尚萬強真是個善良的人，但自己又不能不依法逮捕他，結果他就像上述《九三年》裡面的郭文子爵和西穆爾登神父一樣，在情理兩難的情況下，最後只好投河自殺。

激情，是浪漫主義文學的關鍵元素。十九世紀除了是法國的多事之秋，也是浪漫主義文學大行其道的時期。

今天不少人對浪漫主義作品都有所誤解，以為它只是專指那些男女主角在夕陽下海誓山盟的情愛作品，實則不然。浪漫主義思潮和浪漫主義文學的定義實際極其複雜，它們涉及許多作家和作品，而且在不同國家、不同時期亦產生了不同的影響，因此實在難以在此憑藉三言兩語說清。不過浪漫主義精神的其中一個特點，就是在作品裡盡量為感性預留最大的空間，以茲區別古典主義（Classicism）所主張的理性和秩序美；其次，浪漫主義文學作品，也經常對既有的，特別是古典主義所提倡的價值觀，提出質疑和挑戰。古典主義作品非常注重「善」，角色往往需要具備不同的美德，但這些要求卻不完全適用於浪漫主義作品的角色，因此，我們才會在席勒（Friedrich von Schiller）的《強盜》（*Die Räuber*），找到放浪不羈的強盜首領卡爾（Karl von Moor）；又在拜倫的詩劇裡，看到玩世不恭的唐璜（Don Juan）。古典主義作品也非常講求明亮和富有秩序的審美觀；而浪漫主義作品卻容許「審醜」或者另類的「美」、容許陰暗和出格，因此雨果的《巴黎聖母院》[1]（*Notre-Dame de Paris*）裡面，才會有卡西莫多（Quasimodo）這樣的一個角色。

浪漫主義作品所推崇的人物形象可說是紛紜多變，儘管如此，他們卻或多或少具備一個共通點，那就是他們都擁有異於常人的意志，並不斷憑藉這意志去貫徹自己的訴求、慾望和信念。這個特點，雨果除了通過他筆下的角色來加以表現之外，還藉著自身的生命來充分演繹，而這無疑亦是雨果被奉為法國浪漫主義運動旗手的其中一個原因。

註

1 —或譯《鐘樓怪人》或《鐘樓駝俠》。

(À Savinien Lapointe, Mars 1841.), Correspondance

05

贖罪與寫作——霍桑的〈牧師的黑面紗〉與《紅字》

「我們在醒著時做夢，在夢中行走。」

——霍桑《紅字》

NATHANIEL HAWTHORNE

1804-1864

閱讀文本之前，我請學生就著幾個問題提出想法：

一、甚麼是罪？

二、如果你有一個不能向世上任何人說明的秘密，那會是甚麼？

三、如果有人需要保守一個秘密，而且無論如何都不肯將之公開，他是出於甚麼原因呢？

四、人為甚麼會（或者要）對別人指指點點，說三道四呢？

五、內疚如何驅使一個人跟其他人分開？

然後我們可以一起聽聽這個一百八十多年前的故事：

那天，胡珀牧師戴著一塊黑面紗來出席禮拜，人們看到之後都面面相覷。

——是為了禮拜後要參加一位女性的葬禮嗎？

在葬禮上，竟有人看到牧師與那位女子的靈魂手牽著手，而屍體更顫動了一下，發出沙沙的聲響。

事有湊巧，當天晚上，牧師需要出席一個婚禮，婚宴會場本來一片歡愉，但當胡珀牧師戴著黑面紗現身會場時，婚宴的氣氛立即凝重起來。新娘的身體瞬間變得冰冷，她顫抖，面泛蒼白，令人覺得她彷彿就是下午葬禮中的那位女死者。然而更奇怪的是，正當胡珀牧師舉杯飲酒的時候，他忽然被自己戴著黑面紗的倒影嚇了一跳，並迅速丟下酒杯，跑出會場，衝進茫茫的夜色裡去。

愈來愈多村民私下對牧師的面紗議論紛紛，雖然牧師一直平易近人，但在這個問題上，卻沒有人敢主動向牧師詢問：「為甚麼你要一直戴著面紗？」謎團繼續困擾著整個社區，於是大家推舉了一個代表團去與胡珀牧師談。代表團與牧師會面，但大家都不知所措，只能一臉尷尬地枯坐著，最後甚麼都沒問到就離開了。結果，還是得由牧師的未婚妻伊麗莎白出馬，去詢問牧師戴面紗的原因。

有別於其他鄉民，伊麗莎白單刀直入，直接詢問牧師佩戴黑面紗的原因，但儘管對方是自己的未婚妻，胡珀牧師也只是含糊不清地回答說：「這塊面紗是個記號和標誌，我受誓言約束，得永遠佩戴。不論身處光明還是黑暗，獨自一人還是眾目睽睽，也不論與陌生人還是親朋好友共處，世人休想見到它摘下來。這淒涼的簾幕必須將我與世人隔開，就連你，伊麗莎白，也永不能看到它後面！」[1]伊麗莎白完全無法接受牧師的答案，但那怕她一再追問，牧師仍然不肯說明箇中原委，伊麗莎白最後憤慨不已，決定跟牧師訣別。

牧師就這樣一直戴著面紗。

胡珀牧師在各樣事務上都盡心盡力，而其待人接物，更可說是無可指責，因而感動了不少鄉民皈依信仰；但與此同時，那塊薄薄的黑面紗，卻讓他「籠罩在陰沉的疑雲之中」。就在他臨終之前，韋斯特伯雷教區的克拉克牧師，請求胡珀牧師自行揭開面紗，豈料胡珀牧師卻死活不肯讓步，並且迸出生命最後的力量，向在場的眾人說道：「『你們為甚麼單單見了我就怕得發抖？』他轉動戴著黑紗的臉，環顧面無人色的圍觀者。『你們彼此也該互相發抖呢！男人躲著我，女人不同情我，孩子們又叫又逃，就因為我的黑面紗嗎？要不是它黑乎乎地象徵著神秘，一塊紗有甚麼好怕的？』」[2]

最後胡珀牧師戴著他的黑面紗撒手人寰，那塊讓人不安的黑面紗最終還與他一起下葬，並為村民留下了一抹揮之不去的陰影……

談到霍桑（Nathaniel Hawthorne），讀者率先想到的，恐怕就是多次被改編成電影、電視劇集和舞台劇的《紅字》（*The Scarlet Letter*），其次就是他的短篇小說。上面的故事撮要，就是霍桑其中一篇代表作〈牧師的黑面紗〉（*The Minister's Black Veil*）的內容。

霍桑於一八〇四年七月四日出生在馬薩諸塞州（Massachusetts）的塞勒姆（Salem）。塞勒姆最廣為人知的，是曾經發生過在這個地方的巫術審判歷史，而這段歷史，跟霍桑的家族，原來有著極其密切的關係。事實上，霍桑的真正姓氏是哈桑（Hathorne），他為自己的姓氏插入了一個「w」，是為了消除和減輕他作為法官約翰．哈桑（John Hathorne）後裔所感到的恥辱。約翰是一位十七世紀後期聲名鵲起的法官，他在一六九二至一六九三年的巫術審判案中，作了有違法規的不公正審訊，結果讓十九名被告遭到絞死。對於曾曾祖父所犯下的過錯，霍桑一直耿耿於懷，除了更改姓氏的拼法，霍桑也通過他的創作，例如《紅字》等作品，來為這位先輩所犯下的錯誤作懺悔。

霍桑的父親在他四歲的時候過世，由於家庭失去了關鍵的支柱，霍桑的童年過得可謂並不容易。他在一個清教徒（Puritan）的家族中長大，自小接受上帝是宇宙至高者和掌管萬有的概念。清教徒相信，有些人已被神所揀選進入天堂，這是命定的，人無法逆轉神這個決定；至於被揀選的人，他們的責任是珍惜這份福氣，並且努力體貼上帝的心意；由於人生來就有原罪，且具有墮落的特質，所以人需要努力克服先天的罪孽。至於一切不自然的事情，例如飢餓、疾病、畸形等等，清教徒都歸咎於魔鬼或者女巫作祟，因為他們是魔鬼的代理人。基於這些觀念，霍桑幾乎在所有作品，都特別關注罪、懲罰和贖罪等倫理問題，而由於霍桑的先輩犯下了霍桑難以接受的過錯，所以懺悔這個主題，也不時貫穿於霍桑的作品之中，而〈牧師的黑面紗〉就是其中的典型代表。

〈牧師的黑面紗〉的故事，實乃取材於一件發生在緬因州的真實事件。小說主人公胡珀牧師的原型，是一位名叫約瑟夫·穆迪（Joseph Moody）的牧師，這位穆迪牧師，曾意外殺死了一位朋友，所以就一直在面上戴著一塊黑色的手帕，直至去世。基於穆迪牧師在面上佩戴手帕的這個行徑，他又被稱作「手帕穆迪」（Handkerchief Moody）。霍桑將這個故事加以演繹，並為事件中的關鍵元素黑面紗賦予了深刻的象徵意義，並為故事注入了戲劇性的情節結構。

〈牧師的黑面紗〉所提及的黑面紗，通常是葬禮上才會佩戴的面紗[3]，它在故事裡遮住了牧師的臉，只露出嘴巴和下巴，於是人們只可看到他的微笑。而人們對於面紗的意義，乃至牧師微笑時與面紗的反常搭配均感到非常不安。這塊面紗在故事裡，實際有一種象徵意義，它代表著將人與上帝分開的罪[4]。這塊象徵人類所犯的罪的面紗之所以引起村民的恐懼，就是因為它對胡珀牧師與村民發揮了隔離效果，而這種隔離效果，從現實上而言，讓村民無法看清、理解牧師而感到一種壓迫感；從象徵意義而言，它象徵著人因罪而與上帝分隔的處境，因而無時不提醒著鄉民被罪困鎖，和被罪孤立的存在處境，這就是他們深感不安的原因[5]。而〈牧師的黑面紗〉裡面的種種主題，在霍桑最經典的作品《紅字》裡面，就得到了更加深入的闡釋。

《紅字》的故事發生在一六四二至一六四九年，地點同樣是馬薩諸塞州的清教徒社區。故事開首講述一個名為白蘭（Hester Prynne）的女子因通姦的罪名，而被懲罰佩戴一個紅色的「A」字在胸前，好讓所有人都知道她所犯的罪，並加以羞辱。而在白蘭被審訊期間，她的丈夫奇林渥斯（Roger Chillingworth）——一位本來以為已經遇上海難、失蹤多年的醫生卻突然出現。奇林渥斯對白蘭所犯的罪相當氣憤，於是下定決心要去報復。白蘭後來和女兒——珠兒（Pearl）在一個農舍過著簡樸的生活，但隨著孩子長大而且愈來愈不守規矩，社區裡的一些清教徒認為，有必要禁止白蘭繼續撫養珠兒。這些聲音，幸好因丁梅斯代爾牧師（Arthur Dimmesdale）向市長說項而被否決。後來丁梅斯代爾牧師病倒了，奇林渥斯在為他治病期間，隱約察覺到與白蘭通姦的，應該就是丁梅斯代爾牧師。隨著危機步步逼近，丁梅斯代爾牧師與白蘭決定帶著珠兒一起出逃，然而事情卻被奇林渥斯識破，結果牧師在新市長就職當日，當眾承認了自己的罪行，然後結束了自己的生命。

在《紅字》裡面，我們同樣找到罪、懲罰、懺悔，以及隔離與孤立等主題，與此同時，我們在這部作品裡，再次看到了牧師的形象被顛覆，一如〈牧師的黑面紗〉裡胡珀牧師的形象一樣。可是值得注意的是，《紅字》裡面的白蘭雖然是一個罪人，但她的形象始終不卑不亢，而在小說的結尾，作者更安排她葬在丁梅斯代爾牧師的旁邊，通過這個情節，讀者不難看出霍桑對二人關係的肯定，以及他對清教徒社區一些傳統價值的質疑。

事實上，《紅字》在發表後，引起了塞勒姆和美國一些保守派人士的厭惡，儘管如此，小說第一版所印製的二千五百本，仍然在十天內就迅速賣完，由此可見不少讀者對於書中的內容和價值取向，仍然是受落的。《紅字》的主旨，並不在於攻擊教會或者宗教權威，而是呈現加爾文主義嚴格束縛下的清教徒社會寫照，在這個社會裡，人們將政治和宗教混為一談，以法律來審判道德，結果像白蘭這位在社會階梯裡的弱勢人物，才會遭遇一系列悲慘而又不公的命運——而這種逼迫，也正是霍桑先輩所施加過在無辜者身上的。

霍桑的作品之所以吸引，除了因為它們在主題上能夠回應當時的社會問題，同時也跟霍桑極為扣人心弦的寫作手法有關。霍桑的小說，無論是長篇的《紅字》，或者其他像〈牧師的黑面紗〉的短篇，均善於以多變的敘事觀點和多重的敘事層次來鋪排懸念。這些小說無時不彌漫著一股憂鬱、陰暗和壓迫的氛圍，具有典型的黑暗浪漫主義文學特徵，而多虧這種獨特的氛圍，霍桑的作品即使在誕生後的一百八十多年間，仍然能夠迷倒不同時代的讀者，並不斷將它們改編成影視及舞台作品。

註

1 —［美］霍桑著，余士雄譯：《霍桑名作精選》（北京：作家出版社，一九九七年），頁二七三。

2 —同上，頁二七九。

3 —因此當胡珀牧師戴著它出席喪禮時，村民都感到理所當然；但當他們在平常的禮拜和婚禮上看到牧師的這種打扮，就感到十分不安。

4 —這從胡珀牧師臨終時，克拉克牧師請他除下面紗不果，繼而發生的一番爭辯可以說明。

5 —牧師在臨終時說，村民每人其實都戴著面紗，正是從這象徵的意義出發。

The Scarlet Letter: A Romance

06

從醜惡與頹廢中昇華出美——波特萊爾與急遽轉變的巴黎

「生命就是一座醫院，每個病人都亟欲去轉換床位。」

——波特萊爾《巴黎的憂鬱》

CHARLES BAUDELAIRE

1821-1867

評審文學獎，偶爾會看到一些由「瑰麗詞藻」堆砌而成的作品：那「餘暉下的倩影」有一雙「晶瑩如寶石般的眸子」，她「玲瓏的身影」有一張「吹彈得破的肌膚」……這些作品的人物，往往欠缺深度描寫，就像一個個以金筆描繪的火柴人，雖搶眼，但毫無質感和生命力可言。

文藝作品應有的「美」，到底是甚麼？

有人認為，只要將大量耀眼物品堆疊在一起，就能產生「美」，但事實並非如此簡單。不少藝術家、作家、音樂家都以他們的作品去探索和說明「美」的複雜性，而法國殿堂級詩人波特萊爾（Charles Baudelaire）就是其中的佼佼者。

「藝術有一個神奇的本領：可怕的東西用藝術表現出來就變成了美；痛苦伴隨上音樂節奏就使人心神充滿了靜謐的喜悅。」[1]

波特萊爾特別留意到「藝術」與「美」的關係，「藝術」有一種力量，它能夠讓事物昇華，這種力量甚至可以讓一些看似平凡的事物，產生非凡的感染力；讓看似沉悶的事物，產生趣味；更讓一些看似醜陋、一無可取的事物，迸發出動人的魅力。

波特萊爾就通過他自己的詩作身體力行，從人們普遍認為惡劣而醜陋的人和物，例如老人、乞丐、酒精、鴉片乃至屍體中，挖掘出美，而他將詩集命名為《惡之華》（*Les Fleurs du mal*）[2]，正是這套美學的最佳註腳。在這部詩集裡的〈腐屍〉，波特萊爾就繪影繪聲地描寫過一具屍體：[3]

愛人，想想我們曾經見過的東西，
在涼夏的美麗的早晨：
在小路拐彎處，一具醜惡的腐屍
在鋪石子的床上橫陳，
兩腿翹得很高，像個淫蕩的女子，
冒著熱騰騰的毒氣，
顯出隨隨便便、恬不知恥的樣子，
敞開充滿惡臭的肚皮。
太陽照射著這具腐敗的屍身，
好像要把它燒得熟爛，

要把自然結合在一起的養分
百倍歸還偉大的自然。
天空對著這壯麗的屍體凝望，
好像一朵開放的花苞，
臭氣是那樣強烈，你在草地之上
好像被熏得快要昏倒。
蒼蠅嗡嗡地聚在腐敗的肚子上，
黑壓壓的一大群蛆蟲
從肚子裡鑽出來，沿著臭皮囊，
像黏稠的膿一樣流動。

詩歌作品，不時都會從審美的角度出發，刻畫描寫對象的美感；而波特萊爾在他的作品裡則恰恰相反，從「審醜」的方向來展開他的藝術想像。波特萊爾「審醜」，並非為了歌頌醜惡之事，而是為了更深刻地探挖題材，正如〈腐屍〉的結尾，就將詩

作主題提升到永恆的愛上面：[4]

你、我的激情，我的天使！
是的！優美之女王，你也難以避免，
在領過臨終聖事之後，
當你前去那野草繁花之下長眠，
在白骨之間歸於腐朽。
那時，我的美人，請你告訴它們，
那些吻你吃你的蛆子，
舊愛雖已分解，可是，我已保存
愛的形姿和愛的神髓！

有人批評，波特萊爾的作品過於悲觀和頹廢，關於這點，曾以筆名亞丁翻譯波特萊爾散文詩集的法蘭西學院院士程抱一先生就特別提過：「他其實不是一個頹廢的詩人，而只是一個頹廢時代的詩人……他的苦悶、憂鬱，正是『世紀病』的反映，有其深刻的社會根源。」[5]的確，波特萊爾的許多題材，都不是空穴來風或者無病呻吟，而是具有相當的現實基礎，他常以城市浪遊者的身份來觀察巴黎，並通過他的〈天鵝〉（*Le Cygne*）一詩，對進行著重大改建計劃的巴黎，發出感慨：[6]

> 舊巴黎已不存在了，唉！
> （都市的形態，變得比人心更快）
> （Le vieux Paris n'est plus [la forme d'une ville
> Change plus vite, hélas! que le cœur d'un mortel]）

當波特萊爾於一八二一年在巴黎出生的時候，作為法國首都的巴黎，她的市貌，還沒有今天的規整和明亮。當時的巴黎到處都是狹窄的街道，還有營帳一般的房子，窮人和富人之間的居住區域有著天壤之別，並且被明確地劃分出來；而低下階層的居住區域，可謂一片慘淡。

十九世紀中期，拿破崙三世一方面基於軍事需要，另一方面也考慮到巴黎的未來發展，決定將巴黎改造為更符合現代社會需要的城市，於是委任時任塞納地區的首長奧斯曼（George-Eugène Haussmann），在一八五三年至一八七〇年期間，將巴黎進行大改造，這項計劃包括重建大部分分區的舊建築，僅保留一些主要的歷史名勝和個別街區、改善城市的排水系統、規整建築物的外觀、遷移隨著城市擴充而由本來位於城外逐步被納入到內城的墓園、規劃城市的綠化帶、拆毀一些不必要的防禦工事、拓闊道路以確保市內人口得以順暢流動……通過這些項計劃，拿破崙三世希望讓巴黎繼續成為歐洲乃至世界的首都。

這個巨大的城市改造計劃，確實造就巴黎在接下來的世紀，繼續保持發展的優勢[7]；然而拿破崙三世和奧斯曼所想像不到的是，他們這個將巴黎現代化的改造計劃，竟激發了敏感的作家和藝術家對改造前的巴黎，產生了強烈「鄉愁」（Nostalgia）[8]。

前面提及的那首〈天鵝〉，波特萊爾特意將它獻給了正在流亡的雨果，同時也藉著詩作來抒發，自己在改建時期瞬息萬變的巴黎裡，猶如失去了故土的流亡者一樣，僅能憑藉回憶來自我慰藉的鄉愁情懷。

巴黎的改變一方面勾起了波特萊爾的憂鬱，同時也激發出詩人的許多靈感。波德萊爾將巴黎的現代化規劃，與大眾的實際生活加以對讀，描繪了巴黎低下階層的生活狀況；同時又以都市遊蕩者（Flâneur）的視覺，去重新審視都市不同地點、空間的意義，並將他對現代性的思考，熔煉到他的散文詩集《巴黎的憂鬱》（*Le Spleen de Paris*）中。

有人認為，波特萊爾的觀察和思想方式，跟他的成長有莫大關係。波特萊爾的父母相差三十二歲，他出生的時候，父親已六十二歲，而就在他誕生後的第七個年頭，他的生父死了。波特萊爾的母親在翌年跟一位軍官再婚，這位軍官跟波特萊爾喜歡藝術的生父截然不同，以至波特萊爾一方面極度希望獲得母親的愛，同時又記恨她將她的愛奉獻了給他的繼父。由於與繼父關係欠佳，繼父決定送他到印度去留學，而他卻在途中的毛里裘斯島（Mauritius）上旅居下來，沒有前往印度。回到巴黎之後，波特萊爾始終與鴉片、妓女為伴。面對現實裡既希望得到而始終無法得到的母愛，還有因城市及時代的變遷而產生的焦慮感，波特萊爾唯有讓自己沉醉在一個由酒精、毒品和妓女所構築的人工天堂裡，不斷地思考善、惡、美、醜的問題。

一八五七年出版的《惡之華》引來了不少爭議，一些評論惡毒地質疑波特萊爾的精神狀況，並指詩集的作品重複單調、了無新意。詩集面世後兩年，波特萊爾更因為《惡之華》而被控抵觸宗教道德，以及蔑視公共道德和優良風俗而被判罰三百法郎，而一些有識之士——包括正在流亡的雨果對波特萊爾的肯定，就成了波特萊爾的極大安慰。

種種惡習最終讓波特萊爾負債纍纍，為了尋求出路，波特萊爾於一八六四年前往比利時，冀望能夠通過演講賺錢；可惜最終事與願違，他的演講並沒有吸引太多聽眾，而更不幸的是，在兩年之後的一八六六年初，當波特萊爾在造訪比利時中南部城市那慕爾（Namur）的一所教堂時，竟忽然跌倒並失去了知覺。遭逢意外後的波特萊爾半身不遂，同年七月被帶返巴黎的療養院居住，可惜在療養院裡待了一年左右，波特萊爾卻因為梅毒與世長辭，享年四十六歲。

波特萊爾的一生可謂命途多舛，但若非生命中的種種厄困，波特萊爾的審美取向，是否仍然能夠別開生面？波特萊爾以他的作品回應了甚麼是「美」，但同時又以他的生命引出了一道值得思考的問題——偉大的作家是否必須經歷坎坷的人生或者非凡的遭遇？這問題，將由一位在波特萊爾逝世後二十一年，於葡萄牙里斯本誕生，名為費爾南多．佩索阿的傳奇詩人，提供最恰切的答案。

註

1 —【法】波特萊爾著，亞丁譯，郭宏安點校：《巴黎的憂鬱》（南寧：灕江出版社，一九八三年），頁六。

2 —《惡之華》（亦譯作《惡之花》），此詩集的漢譯，礙於漢法語意之間的差異，又因為此書曾經被禁，不時遭到一些不求甚解的人誤解，甚至想當然地將這本詩集和波特萊爾標籤，將波特萊爾想像為一位惡徒，而將《惡之華》想像為一本以邪惡為主題、帶有邪惡色彩，甚至帶有神秘主義色彩的詩集，這實在是嚴重謬誤。《惡之華》一書的法文原文是：*Les Fleurs du mal*，*mal* 一字在法語裡，其實跟古漢語裡的「惡」一樣，都是語意非常豐富的字，可以指「不好」、「不道德」、「不具價值」的事物，包括廣義上的穢物、疾病、病苦等等，而不只限於今日普遍人聯想到的「邪惡」的意思；至於 Fleurs 即「花」（此處為眾數），熟悉古典漢語的讀者都知道「華」、「花」其實相通，所以將 Fleurs 譯成「華」可謂十分恰當。因此，*Les Fleurs du mal* 此一標題所指的，其實是一般意義上不美的事物上的美，而不是指「邪惡」或「罪惡」的「精華」。

3 —【法】波特萊爾著，錢春綺譯：《惡之花》（北京：人民文學出版社，一九八六年），頁七〇至七二。

4 —同上。

5 —【法】波特萊爾著，亞丁譯，郭宏安點校：《巴黎的憂鬱》，頁七。

6 —【法】波特萊爾著，莫渝譯：《惡之華》（台北：志文出版社，一九八六年），頁二七七。

7 —在改建之前，巴黎就跟歐洲其他一些歷史悠久的城市，例如意大利的佛羅倫斯或者羅馬一樣，充斥著狹窄的街道，以及衛生條件和治安都相對惡劣的社區。如果對照巴爾札克的小說，將可以看到，在改建前的巴黎人，往往只在所屬社區的幾條街之內生活，一般家庭，都難以在家宴客，也甚少出遠門；而這種情況，在巴黎重建計劃之後，發生了非常大的轉變。改建後的巴黎，能夠容納更多的居民，容許大量人口在城市內外流動，並為城市的多樣性發展，提供了更多的空間，造就了經濟和文化交流。

8｜Nostalgia 普遍被中譯為「鄉愁」，但這只是該詞的其中一個意思。除了對故鄉、故國的緬懷之情外，Nostalgia 亦指對於某個時間、空間的消逝、轉變而產生的哀愁或憂鬱，而這地方並不僅限於故鄉或故國。

07

失喪於文藝想像的包法利夫人——福樓拜的冷靜觀察與筆法

「她是所有小說裡的那個情人，
所有戲劇中的那位女主角，
所有詩集裡的那個模糊的『她』。」
——福樓拜《包法利夫人》

GUSTAVE FLAUBERT
1821-1880

那一則，講述一位小孩因看了《超人》漫畫，以為自己也有超人力量，而披著床單躍出窗外，最後墮樓的新聞，好像已經是非常久遠的事了。至於從前那些讀了武俠小說或漫畫，然後覺得自己也是萬中無一、骨骼精奇，只待高人指點、打通任督二脈就能練就一套絕世武學，行俠仗義、行走江湖的街童，現在大概都成為了大隱於市的打工仔吧？

世界或許真的較從前進步，但人們是否真的就較從前理性，能夠冷靜看待不同文本所構築的想像世界，以及自我處身的現實世界？

進步，是毋庸置疑的，起碼，通過各種敘事方式，向我們灌輸想像世界某些特定價值觀的媒體，確實較過去厲害多了。它們以更高明的手法，不動聲色地讓我們相信「人類的外貌應該零毛孔」、「所謂理想的居停，就必須要有海景」……

文本構築的想像世界，跟我們處身的現實世界，到底有甚麼關係？

在小說逐漸變成主流文體的十九世紀法國，這實在是個不少作家都甚為關注的話題，而其中一位大師——福樓拜就以他的《包法利夫人》探討和回應了這個問題。

時間回溯至十九世紀上半葉的法國，雖然浪漫主義文學在這時期仍然有很大的影響力，但當時已有一些作家，希望以有別於浪漫主義的文學觀去創作小說。這些作家對於浪漫主義文學過於主觀的審美態度，以及對強調自我的文藝取向，均頗有保留；與此同時，他們對於如何藉著小說去表現客觀現實，更感興趣。這些作家根據這種藝術理念，創辦了一些文學雜誌，並在雜誌上發表藝術宣言；其中，最為重要的一本，就是在一八五六至一八五七年發行的月刊《現實主義》（*Réalisme*）。《現實主義》的創辦人杜洪堤（Edmond Duranty）和尚弗勒里（Champfleury）都認為，文藝作品應該多關注社會中的人生百態、風俗、政治和社會問題，以及最近代的科學，從而更客觀、準確地描繪和反映現實世界，真正優秀的作品，應該像英國的狄更斯和俄國的屠格涅夫（Ivan Turgenev）的作品那樣。

法國文藝思潮出現由浪漫主義文學，過渡到現實主義文學的轉向，一方面是源於文學發展的自身規律——浪漫主義文學的影響力已經持續了一段時間，且覆蓋到不同的文體和藝術領域，因此作家們都希望在這套藝術主張之外，尋求創新的方向；另一方面，科學和社會科學的理論發展，也對現實主義文學的誕生，發揮了推波助瀾的影響。政治和經濟學的發展，讓知識分子得以將社會視為一部機械，並以這個概念去審視和分析它的特質和問題；醫學、生物學的發展，則讓作家得以從更學理的方式去理解人的行為、家族遺傳之關係，而這些科學和社會科學的知識所帶來的啟發，都充分表現在各個現實主義作家的作品裡，例如巴爾札克看待金錢和社會的關係；又或者福樓拜以醫學的角度，去為時代「斷症」等等。

福樓拜糅合醫學的角度去理解社會並非偶然。他在一八二一年出生於法國北部諾曼第（Normandie）地區的首府魯昂（Rouen），父親是一位有名的外科醫生。福樓拜自青少年時代，即感受到自身內有兩股矛盾力量在拉扯——他一方面多愁善感，對世界充滿幻想，也容易戀慕他人；另一方面，他卻對世界有一股強烈的求知慾，希望通過知識窮究世界的真相。這兩股力量的張力，相信也存在於不少人的身上，但是福樓拜卻能夠將之加以整理和善用，藉之孕育出他的作品，特別是《包法利夫人》。

《包法利夫人》的故事背景設定在福樓拜的家鄉——魯昂市附近的一個小鎮，故事內容從一段平淡苦悶的小鎮婚姻展開。本名艾瑪（Emma Bovary）的包法利夫人，是小鎮醫生查理．包法利（Charlie Bovary）的妻子。她在婚後，特別是產下女兒貝爾特（Berthe Bovary）後，開始對平淡的生活感到納悶，而這時候，法學院學生萊昂（Léon Dupuis）闖進了她的生命。

萊昂跟艾瑪一樣，對文學和音樂都非常感興趣，二人因而燃起了戀火。不過艾瑪認為，自己應該保持堅貞；結果萊昂眼見無緣跟艾瑪進一步發展，於是就出發到巴黎繼續求學。

不久之後，一位風流地主魯道夫（Rodolphe Boulanger）來到查理的診所，在見到艾瑪之後，老練的魯道夫敏銳地發現，他應該能夠輕易地將無知的艾瑪勾引到手，於是魯道夫就以鍛煉健康為由，邀請艾瑪騎馬，並迅速跟艾瑪發展出婚外情。被浪漫想像沖昏頭腦的艾瑪後來甚至認為，她應該像通俗愛情小說那樣，不應該再待在小鎮裡過著淡泊又苦悶的婚姻生活，而是應該跟情夫魯道夫來一場轟轟烈烈的私奔，成就更美滿的人生。

可是，就在決定出走的前夕，魯道夫拋棄了她；遭到極大打擊的艾瑪，結果病倒了。

後來藉著宗教，艾瑪獲得了許多慰藉，並重新恢復過來；可不巧的是，就在她身心狀況都逐步得以回復之際，查理卻帶她去看了一齣名為《拉美莫爾的露琪亞》（*Lucia di Lammermoor*）的歌劇，這齣歌劇以蘇格蘭浪漫主義作家司各特的《拉美莫爾的新娘》（*The Bride of Lammermoor*）為藍本，講述英國十七世紀兩大家族的仇怨，故事裡面一對愛人的悲劇結局大大刺激到艾瑪；而就在這關鍵時刻，艾瑪竟再次遇上昔日那位可愛的法學院學生萊昂……結果二人終於舊情復熾，發展出另一樁婚外情，並成為了一對——在艾瑪主觀意願上的悲情愛侶——以及在他人客觀敘述上的姦夫淫婦。

是的，事情並沒有艾瑪想像中那麼浪漫，萊昂不久後就開始對她感到厭煩；而艾瑪更開始迷戀物質，甚至不惜借貸來滿足自己的購買慾。結果，艾瑪債台高築。她嘗試向萊昂和魯道夫求助，但二人都沒有向她施予援手，最後艾瑪選擇服毒自殺。

可是故事在艾瑪死後尚未結束——或者應該說，悲劇仍然延續。艾瑪雖然死去，但債務仍須償還。儘管艾瑪不忠，但她的丈夫查理仍然深愛著她；而為了替艾瑪抵債，查理出售了他的許多財產。可是有一天，他竟發現到艾瑪與兩位情人的書信，結果查理完全崩潰了，沒多久之後更撒手人寰。

可是，是的，悲劇仍未結束……

原來好好的一家三口，現在只剩下女兒貝爾特了。這位無父無母的孤兒被送到祖母的家去，然而祖母沒多久也去世了，貝爾特唯有到一位貧困的阿姨家裡寄居，而這位阿姨自己的生活也無以為繼，最後只好將貝爾特送到一家工廠去。

包法利一家的故事，就因為艾瑪的無知，以及一廂情願的幻想，還有得不到任何回報的激情而以悲劇告終。

小說裡的小女孩貝爾特，讓人聯想到雨果《悲慘世界》裡的小孤兒珂賽特（Cosette）；但如果這故事仍有延續，恐怕她不會像珂賽特那麼幸運，遇到扭轉她命運的尚萬強——因為這種充滿戲劇性和動人心弦的故事轉向，並不是現實主義文學所主張的。《包法利夫人》實際是一部以小說論小說的作品，其精妙的地方，乃在於福樓拜一方面以通俗愛情小說的情節來敘述包法利夫人——艾瑪對世界的浪漫想像；另一方面則以殘酷的現實筆法來揭示她的無知，通過艾瑪的故事，福樓拜很不客氣地對無法分清想像和現實的愚昧讀者，大加鞭撻。

後世不少作家、劇人對《包法利夫人》作了仿作和改編，芥川龍之介的〈蔥〉就是其中比較突出的仿作例子。香港資深劇人林奕華亦改編過《包法利夫人》，揭示消費者主義、媒體發展向現代人灌輸了許多不實的形象和價值觀。

包法利夫人的形象是永恆的，因為任何時代，都總會有人將個人的慾望投射到一些由文本產生的不實形象和想像上去，而其中恐怕並沒有多少人會意識到，當我們在廣告板前，羨慕模特兒的零毛孔和人魚線；或者看完某套通俗劇後，開始嚮往童話式的戀愛之時，我們就已成為包法利夫人了。

除了冷靜的現實式筆法外，福樓拜的作品對於研讀文學或者從事創作的人而言，仍有不少值得欣賞和借鑒的地方；其中之一，就是他對遣詞用字和文句節奏的要求。福樓拜對文句的提煉非常自覺，他寫完文章的初稿，就拿到一個大廳裡高聲朗讀，遇有不順或者不協調的句子就改。這個習慣，跟同時代講求寫作速度、作品在出版後往往還會一改再改的巴爾札克，可謂大相逕庭；不過，兩位大師的作品都各有各精彩。

除了精煉文句，福樓拜在創作時也很講求觀察。他認為寫作的人必須長時間關注、觀察想要表達的對象，從而為其找出一個別人從未洞察或者表述過的切入點，而這正是福樓拜的代表作《包法利夫人》的一大特點。

福樓拜的寫作技巧和藝術理念，影響到不少同代和後世的作家，其中一位跟他淵源較深的，就是以短篇小說著稱的莫泊桑。莫泊桑在寫作多年之後這樣回顧說：「在我發表短篇小說之前，我曾跟福樓拜一起工作了七年，而期間一句句子都沒寫過。在這七年裡，他向我傳授的文學概念，就是我有四十年的寫作經驗，也不一定能夠理解」[1]。

莫泊桑在他的長篇小說《皮埃爾與讓》（*Pierre et Jean*）的序言裡，提及到他如何從福樓拜那裡學習觀察：「……世界上，並沒有兩粒沙、兩隻蒼蠅、兩隻手或兩個鼻子是完全一樣的，他（福樓拜）要求我以幾句句子，來表現每個人或每件物件，從而純然地突出他們的特點，並令他們能夠跟同一種類的人或者物件得以區別出來。

他對我說：『當你在一位坐在店門前的雜貨商前經過，在一位抽著煙斗的門房，或者在一個馬車站前經過時，你得讓我看到，這雜貨商和門房的姿勢，他們整個身體的外觀，此外還得包括這場境的涵意，他們的氣質，以至我不會將他們與其他雜貨店或門房混淆，另外，你得以一個詞，就能讓我看到，其中一匹拉馬車的馬，為甚麼跟牠前面和後面的五十匹馬有所不同。』」[2]

莫泊桑一直很珍視這段和福樓拜共處的時光，藉著福樓拜的身教，莫泊桑對自己的寫作也培養出一種一絲不苟的態度，他在一封致母親的信裡這樣寫道：「如果我寫作時沒有為每一頁花上起碼兩小時，我就不會在上面署名。」[3]

從某種意義而言，莫泊桑其實也是福樓拜的一部傑作。

註

1｜筆者譯自法語文本：De Maupassant, Guy, en collaboration avec William Busnach, *Madame Thomassin: Pièce inédite*. Rouen: Presses universitaires de Rouen et du Havre, 2005, p. 103.

2｜筆者譯自法語文本：De Maupassant, Guy. *Pierre et Jean*. Paris: Paul Ollendorff, Éditeur, 1888, p. 30.

3｜筆者譯自法語文本：De Maupassant, Guy. *Correspondance*, tome I. Évreux: Le Cercle du bibliophile, 1973, p. 157-159.

08

一步之遙的小說家——莫泊桑和他的「冷酷」文字

「偉大的藝術家是那些將他們獨特幻想強加於人類的人。」
——莫泊桑《皮埃爾與讓》

GUY DE MAUPASSANT
1850-1893

有時，有些美好的事物跟我們僅有一步之遙，但我們卻偏偏錯過了。

首次看到莫泊桑的名字，是在中學的時候。當時會考的其中一篇範文，是白先勇先生的〈驀然回首〉，文章提到白氏遇到夏濟安先生，夏先生問起白氏看些甚麼作家的作品，於是二人就談到了毛姆（William Somerset Maugham）和莫泊桑。夏先生對白氏說：「這兩個人的文字對你會有好影響，他們用字很冷酷。」這段故事和夏先生的文字，對於正處於中學時代，文學閱歷單薄，且全無文藝創作經驗的我而言，猶如一句不可解的啞謎；但正因如此，兩位外國作家的名字，反而更深刻地烙印了在我的腦海。

後來到了九十年代末，我和兩三位同學夾雜在北上消費的人潮之中，去到深圳和廣州書城，發現莫泊桑的好幾本譯本，於是我就再次與這位作家相遇，正式步入了他的文藝世界。

誕生於一八五〇年，然後於一八九三年辭世的莫泊桑，其短暫的人生剛好涵蓋了十九世紀的下半葉。當莫泊桑於法國北部的諾曼第地區誕生後的十三天，另一位生命剛好橫跨了十九世紀上半葉的作家——巴爾札克[1]恰巧在巴黎辭世。從世代而言，莫泊桑跟另外幾位活躍於十九世紀的文學巨匠相比，例如司湯達、雨果、巴爾札克、福樓拜，可說是屬於後一個世代；而年紀稍長的左拉，對莫泊桑而言，則比較像同輩兄長。這些作家之中，其中部分如福樓拜和左拉，莫泊桑後來都有機會與之直接往來，這些交往對莫泊桑的文學創作產生了深刻的影響；至於其他緣慳一面的作家，例如在上面提到的巴爾札克，以及在一八四二年辭世的司湯達，莫泊桑則仍然藉著他們的作品，獲得了不少啟悟。

十九世紀的法國作家——特別是上面提及的那些巨匠，都具備一些頗為獨特的時代精神特質。首先是他們的意志都非常強，並往往在作品裡體現出一種宏大的氣度。這種特質跟十八世紀末到十九世紀初，法國大革命的社會變革，以及拿破崙的崛起有著非常密切的關係，而兩個因素之中，後者的影響尤甚。

誰會想到，一位來自偏遠的科西嘉島（Corsica）[2]，在軍事學校因為帶著濃重口音而被其他同儕取笑的孩子，竟能夠在短短的三十多年間，將法國從大革命的混亂局面重整成組織嚴密的國家；讓法國由內外交困、四面楚歌的國家，搖身一變，成為歐洲雄獅，叱咤歐洲，並遠征俄羅斯和埃及；而這個身材短小的男人，最後還在一八〇四年成為了法蘭西帝國的皇帝？

法國大革命與拿破崙的傳奇，為法國十九世紀的作家賦予了一種的時代精神——人並不被任何事物所拘束，只要有才華、敢想像，憑藉堅忍的意志，絕對有可能成就出一切超乎想像的非凡事業。正正因為這種時代氛圍，所以雨果會在十四歲的日記裡立下「願我成為夏多布里昂（Chateaubriand）[3]，否則就名不經傳。」（Je veux être Chateaubriand ou rien）；而巴爾札克也寫下了「他[4]用劍所完成的，我將以筆來完成」這樣的豪情壯語。

除了這種宏大氣魄和超凡的文藝意志，十九世紀的法國作家還非常自覺要以自己的創作，回應社會現實。這種精神背後，有其複雜的淵源，較難在此憑藉三言兩語說明，但促成這種文藝取向的部分原因，跟報刊和印刷品的普及有著密切的關係。

由於報刊、書籍和各種印刷品在十九世紀愈加普及，作家的發表渠道，因而也較過去的時代更為廣泛，而這種文藝生態的轉變，逐漸讓作家意識到自己的作品將要面向公眾。在這時期之前，不少作家都須依賴貴族或中產階級供養，因此他們大都跟皇室、貴族、中產階級過從甚密，但隨著書籍、報刊漸見普及，作家開始能夠依靠稿費和版稅[5]維生，於是他們也就得以在精神上，獲得更大的言論空間和自由，並成為能夠站在公眾立場發聲的現代知識分子。這種以作品回應現實的精神，幾乎普遍存在於十九世紀主要法國作家的作品之中，雨果就嘗試通過他的《悲慘世界》，揭示社會貧苦階層的悲哀；福樓拜也企圖通過自己的小說，來為時代的各種問題斷症；而巴爾札克，就想通過他的《人間喜劇》系列，來成為時代的秘書；至於為德雷福斯（Alfred Dreyfus）案[6]發聲的左拉，則懷著更強的信念，冀望以文藝創作來扭轉時代的偏頗觀念。

上述這些特質，也同樣可以在莫泊桑的創作生命中找到。不過由於前面已經有一大批巨大的身影，出生較晚的莫泊桑必須另闢蹊徑，以有別於前輩的方式，尋找並探索自己在文學史上的位置。

首先是文體。像大部分的法國作家一樣，莫泊桑也耕耘多種文體，包括詩歌、劇本、遊記，以及長篇小說和短篇小說；其中小說的成就，可謂最為超卓，而如果要在長篇和短篇兩類小說體裁裡再分高低，不少人應該會認為是短篇小說。

有這樣的印象，是因為莫泊桑創作的短篇小說數量實在非常驚人。自莫泊桑於一八七五年發表首篇短篇小說之後，在短短的二十多年間，莫泊桑共寫了三百篇左右的短篇小說，單以數量論，其創作短篇小說的數量與密度，已足以讓莫泊桑堪稱「短篇小說之王」，何況這些作品之中，還包含了許多像《泰利埃公館》（*La Maison Tellier*）、《月光》

（*Clair de lune*）、《項鍊》（*La Parure*）、《奧爾拉》的名篇。

莫泊桑的小說主要有兩大類型，一種是帶有離奇、懸疑色彩的故事；另一種則是以城市中產階級生活為題材，具有強烈寫實色彩的故事。這兩種主題，前者可說是沿襲了浪漫主義文學的奇幻想像傳統，而後者則繼承了巴爾札克的現實主義文學精神，以及福樓拜和左拉的自然主義文藝主張。

莫泊桑作品的創作時間，雖然距今已有一百多年時間，但作品裡面所描繪的社會結構與問題，時至今日仍能和我們的社會產生共鳴。以長篇小說《漂亮朋友》（*Bel-Ami*）為例，故事講述一位在阿爾及利亞（Algeria）度過了幾年的下級軍官杜洛華（Georges Duroy）在回到巴黎之後，不名一文，正當他無計可施的時候，恰巧遇到昔日的軍中隊友弗雷斯蒂埃（Charles Forestier）。經弗雷斯蒂埃的引薦，杜洛華進入了《法蘭西生活報》報館任職編輯，此後他的慾念和野心不斷膨脹。杜洛華利用俊朗的外表，不斷勾搭、利用不同的婦女向上爬；後來甚至勾引弗雷斯蒂埃的妻子瑪德蓮（Madeleine Forestier），並於弗雷斯蒂埃去世後，迅即向瑪德蓮求婚，成為其丈夫。而杜洛華做這一切，無非是看中瑪德蓮跟政界的人際網路，以及瑪德蓮的文筆，能助他掌握政界內幕，甚至操控消息。杜洛華為了進一步爬升，甚至還跟報館老闆的太太維珍尼（Virginie Walter）偷情，並同時開始打老闆天真的女兒蘇珊娜（Suzanne Walter）的主意。為了和蘇珊娜合法結婚，杜洛華特意安排了一場「捉姦」的鬧劇，帶著一眾警員到家裡去逮捕當時跟自己已經毫無感情的瑪德蓮，以及她的情夫。最後，杜洛華成功與蘇珊娜完婚，故事在一片陰鬱的氛圍下結束。

《漂亮朋友》裡面所揭示到的資本、資訊、與政商權力的瓜葛，對於今天的社會，仍有相當的警示意義。而這小說作為欣賞莫泊桑如何繼承前輩作家的成就，繼往開來，也有相當參考的意義。從小說題材而言，《漂亮朋友》可說跟司湯達的《紅與黑》、巴爾札克的《高老頭》和《幻滅》（*Illusions perdues*），乃至福樓拜的《包法利夫人》一樣，都是講述法國外省青年到巴黎闖蕩，並通過各種手段——特別是攀附、勾搭有權力、地位或金錢的女性，不斷向社會上層爬升的故事。只是莫泊桑在此主題上，還加入了大量個人的時代觀察和經驗，例如杜洛華在報館首次得到肯定，是由於他以浪漫主義的手法，為報章寫了一篇充滿異國情調，支持法國政府非洲殖民政策的從軍記，而這段對法國軍政加以諷刺的情節，實際上乃源自莫泊桑在普法戰爭時被徵召入伍的經驗，以及他在退伍後在海軍和教育部任職文員的觀察。

另外值得一提的是，莫泊桑是叔本華（Arthur Schopenhauer）的忠實讀者，所以莫泊桑的小說，雖然也會像巴爾札克的小說那樣，描繪到男性如何通過愛慾來利用女性；但莫泊桑的作品在看待愛慾的態度上，會偏向視之為一種病態、一種盲目的愚蠢行為，甚至將之表現為一種心理和生理上的暴力行徑。莫泊桑這種審視情感猶如斷症的態度，多少乃是師承自福樓拜。不過，跟其他前輩相比，莫泊桑的世界，是一個沒有目標、沒有先天意義的世界，大部分人物在故事裡都無法真正溝通、交流；取而代之的，卻是互相逼迫。莫泊桑對於他故事裡的人物角色，一方面抱持著一種嘲諷的蔑視態度，但同時又懷著一股憂鬱的同情；他敘述故事時所感興趣的，並不在於理解或者剖析人物的心理變化，而是將焦點放在如何明快地以事件和人物的行動營造驚喜。

以上這一切，或許，就是莫泊桑的用字得以「冷酷」的原因。

我比較能夠體會莫泊桑作品的特點，已是中學畢業後多年，到法國留學的時候。當時大概是在法語學校的課堂上，還是法國文學預備班上，遇到了好些來自大陸、台灣和美加的同學；不知道是影視作品的功勞，還是他們的學制有甚麼特別的誘因，他們大都讀過莫泊桑的《項鍊》和《一生》（*Une Vie*）等作品。於是我忽然想起，跟我同代應考會考的學生裡面，到底有多少位，會延伸閱讀毛姆、莫泊桑，或者起碼是白先勇先生的作品？

這實在，是一抹令人掌心冒汗的浮想。

有些美好的事物，其實僅離我們一步之遙，但我們卻偏偏錯過了。

註

1｜巴爾札克生於一七九九年，於一八五〇年八月十八日辭世。

2｜拿破崙於一七六九年八月出生於科西嘉島的阿雅克肖（*Ajaccio*）。在拿破崙出生的前一年，一七六八年五月，法蘭西王國從熱那亞共和國的手上，獲得了科西嘉；然而科西嘉人卻不斷嘗試起義，爭取獨立。一七六九年五月，法王路易十五的軍隊戰勝了科西嘉人的軍隊，終於全面接管了科西嘉島。然而，科西嘉島在歷史上的獨特處境，卻造就了後來法國乃至歐洲歷史的奇妙轉向。拿破崙的父親夏爾（Charles-Marie Bonaparte）本為科西嘉起義領袖保歐利（Pasquale Paoli）的助理，但在科西嘉起義軍被打敗後，夏爾卻因為其貴族的血統，而成為了法蘭西王國拉攏的對象。一七七八年，夏爾前往凡爾賽宮朝見路易十六，乘此造訪法蘭西本土的機會，夏爾順道安排了他的兩個兒子——約瑟和拿破崙入讀軍事學校，將拿破崙的一生，以及歐洲歷史，引進了一個意想不到的走向。

3｜法國十八至十九世紀其中一位最重要的作家，也是法國浪漫主義的奠基人，著有《阿達拉》（*Atala, ou Les Amours de deux sauvages dans le désert*）和《勒內》（*René*）等小說，風靡當時法國讀者。

4｜指拿破崙。

5｜一七九一年一月十三日，法國議會在《費加羅的婚禮》（*La Folle Journée; ou, le mariage de Figaro*）一劇的作者——博馬舍（Beaumarchais）多年的爭取後，終於通過了版權法，讓法國成為了世界首個通過版權法的國家。

6｜德雷福斯乃與左拉同時代的一位猶太裔軍官，因其猶太裔血統，被誣告叛國。事件的真相後來雖然得以查明，但仍在法國民間引起許多有關反猶太主義和公民權利等方面的討論。

09

俄國與西方文學的橋樑——屠格涅夫的農奴、「零餘者」和愛情

「死亡是一個古老的故事，但對每個人而言卻是新的。」
——屠格涅夫《父與子》

IVAN TURGENEV
1818-1883

十九世紀之前，西方世界對俄羅斯文學的關注十分有限；但到了十九世紀，隨著一大群優秀俄語作家的崛起，俄語文學卻一躍成為世界文學裡，其中一個最重要的體系。截至今天，這批十九世紀的俄語作家，仍被許多一流作家奉為偶像，這些金燦燦的名字，包括不少作品至今仍經常被改編成影視作品的托爾斯泰、詩人普希金（Pushkin）、小說家陀思妥耶夫斯基（Dostoyevsky）、劇作家契訶夫（Chekhov）、評論家別林斯基（Belinsky）……而以小說聞名於世的屠格涅夫，亦是其中一員。

俄國小說能夠廣受西歐，特別是法國讀者認識，屠格涅夫可謂功不可沒。早在一八三七年，屠格涅夫已經和法國小說家，《卡門》（*Carmen*）的作者梅里美（Prosper Mérimée）合譯普希金的詩，而在一八四七至一八五〇年期間，屠格涅夫更數度造訪法國，成為著名女小說家喬治·桑的沙龍常客。不過，驅使屠格涅夫與西歐，特別是法國文藝界建立緊密關係的，卻可上溯到一八四三年屠格涅夫與女歌唱家保麗娜（Pauline Viardot）的一段奇妙緣分。

一八四三年保麗娜到俄國演出，就在這樣的契機下，屠格涅夫得以認識到這位不可多得的傳奇女歌手，以及她從事藝術史和西班牙研究的丈夫——路易·維亞多（Louis

Viardot）。屠格涅夫非常傾慕保麗娜，與保麗娜留下了許多親密的書信；而他同時跟路易也是非常友好的朋友，二人不時一起打獵，並留下了許多充滿友愛的書信。從這些書信，可以看出三人的關係非常親厚，因此我們也就不難理解，為甚麼屠格涅夫在一八四五年辭去俄國內政部的職務後，會到法國去寄住在維亞多一家位於布里地區羅宰（Rozay-en-Brie）附近的谷塔夫內爾別墅（Château de Courtavenel）[1]。自此之後，一直到一八六〇年，屠格涅夫都一直斷斷續續地到維亞多一家的家裡寄住，而他於一八四七年開始在《當代》（*Sovremennik*）期刊上發表的《獵人筆記》（*A Sportsman's Sketches*），其中有一些篇章，也就是在寄居於維亞多一家的時候撰寫的。

《獵人筆記》以獵人的視點，展示了俄羅斯鄉村地區的一些風光，特別是在這些鄉村地區的人的生活，這些人包括一些小貴族和大地主，以及當時佔了俄國極大人口比例的農奴。

屠格涅夫的父母，均為貴族出身，父親是一位高級軍官；至於母親盧托維諾娃（Varvara Petrovna Lutovinova），她的童年由於父親早逝和母親改嫁而頗為不幸，但正正由於繼父的虐待驅使她出逃到叔叔——伊萬．伊萬諾維奇那裡去，結果當一八一三年這位叔叔去世之後，盧托維諾娃繼承了他的巨額遺產。

或許是基於童年的不幸，又或者是當時俄國社會的普遍風俗，盧托維諾娃對待她的農奴十分專橫和殘忍，而這些行為在屠格涅夫的意識裡，留下了深深的烙印。隨著屠格涅夫在一八三八年到德國留學，成為了當時俄國社會所謂的「西化者」，以及一八四五年旅居法國的經驗，屠格涅夫開始通過創作，指摘俄國社會的種種弊端，而《獵人筆記》就是一部深刻揭示了「農奴制」（Serfdom）問題的作品。

在閱讀俄國文學，特別是十九世紀的作品時，讀者往往都會接觸到「農奴制」一詞，若要準備理解十九世紀的俄國文學，實在需要對這個制度有比較深入的理解。「農奴制」今天仍然為人所熟悉，十九世紀的俄國文學實在功不可沒。不過值得補充的是，「農奴制」實際並非俄國獨有的制度，而是在不同時代、不同地域都有出現過的制度。以西方為例，在三三二年的末期，羅馬帝國就已經有相關的法例，而「農奴制」在中世紀更是歐洲一種非常普遍的制度。「農奴制」跟「奴隸制」（Slavery）略有不同——儘管兩者從人道主義立場而言都是不可取的制度。

「奴隸」在「奴隸制」裡，往往被視為一種物品，可以買賣、交換和贈送；但「農奴」

的主權則僅繫於土地，他們的主權屬於土地的主人——例如領主甚至教會。「農奴」有義務為土地主人耕種，他們的行動範圍受到所繫的土地所限，但主人卻不能隨便將之出售、驅逐，甚至在理論上不能增加他們的苦差，因此從這一意義而言，「農奴」的條件跟「奴隸」還是不盡相同。

俄國的農奴制度，是在西歐農奴制開始式微後的十五世紀才開始發展的，而俄國農奴在法律條文上所受到的保障也較西歐的差，從某程度上而言，俄國農奴的待遇，可說是介乎西歐農奴與奴隸之間。俄國農奴制的起源，跟十四世紀開始，俄羅斯不斷受到克里米亞汗國（Crimean Khanate）——亦即韃靼人和蒙古人，金帳汗國繼承者——的猛烈入侵有關。這些侵擾導致各地農民逃離家園，為了穩定局勢和確保大片農田的經濟價值，莫斯科公國的伊凡三世（Ivan III）於一四九七年授權地主，強迫農民在他們的土地上停留一年。一六四九年，沙皇亞歷山大一世（Alexander I）加以編纂了農奴制的條文，將制度幾乎推行到俄羅斯的所有農地。一七一九年彼得大帝（Peter the Great）下令進行的人口普查，已統計到俄國當時有百分之八十的農民是農奴。到了十八世紀，沒有土地依據的農奴買賣發展起來，有時更甚至公開拍賣，這種做法雖然沒有法律基礎，但同時也沒有相關法律加以禁止；而為了籠絡貴族，沙皇容許貴族將農奴驅趕到一些拓展地，例如西伯利亞或者烏克蘭，藉此免除這些貴族服兵役。這一系列的剝削，結果激發起農奴參與了多次起義——普希金的小說《上尉的女兒》（*The Captain's Daughter*），就是以一七七三至一七七四年間以普加喬夫（Yemelyan Ivanovich Pugachev）起義為題材。

農奴的問題到了十九世紀愈趨尖銳，除了因為人道問題，還有俄國社會內部的實際需要。在俄國，農奴除了是耕作的農夫，還包括一些小商人、鄉村工匠、小販、僕人，他們甚至還須要參軍，是俄羅斯步兵的骨幹，也是當時小量新興工廠裡的工人。而在十九世紀俄國面對工業和技術革命的挑戰下，數量龐大的農奴——他們大都沒有甚麼教育水平，不少更是文盲，他們對於社會發展，乃至俄軍的現代化革新，都構成了障礙。與此同時，隨著不少自由主義的知識分子，紛紛從政治、社會、人道主義等角度出發，指出農奴制的問題，革除農奴制的呼聲在俄國就變得愈來愈響亮。

因此，當屠格涅夫於一八四七年開始發表《獵人筆記》時，這部講述了不少俄國土地主與農奴故事的作品，即引起了讀者的注意，而當一八五二年八月經過審查然後出版之後，《獵人筆記》瞬即就被搶購一空。

不過，隨著《獵人筆記》廣受歡迎，這本書後來還是受到了俄國政府的注意，並為屠格涅夫和書本第一版的審查員惹來了麻煩。俄羅斯審查當局認為，屠格涅夫在書中寫到農奴所受的壓迫，以及地主的不義行為是不當的，因此審查當局禁止了《獵人筆記》再版；至於初版的審查員，也因為失職而被剝奪了退休金。屠格涅夫被監禁了一個月後，被軟禁於他位於斯帕斯科耶（Spasskoye）的莊園。當局仍一直監視著屠格涅夫，且不時向他進行突擊搜查。

一八五六年，屠格涅夫發表了他的首部小說《羅亭》（*Rudin*），從這部小說開始，屠格涅夫不時刻畫俄國當時的一類典型人物——年輕的知識分子，這類知識分子包括《羅亭》裡面的羅亭（Dmitry Rudin）、《煙》（*Smoke*）裡面的李特維諾夫（Litvinov），還有《春潮》（*Torrents of Spring*）裡面的薩寧（Sanin）……這些角色大都外形脫俗、學識豐富、思想前衛，他們往往能夠在貴族或者富人的沙龍裡面不畏權貴、大談理想，對俄國政治諸多針砭，並屢屢獲得女士們另眼相看，似乎是值得讀者嚮往的對象；然而屠格涅夫卻無意將這些人物樹立為讀者的榜樣，因為這些人物都有一個通病——軟弱。

羅亭在私奔的抉擇前退縮了；李特維諾夫因舊情人拋棄未婚妻，最終被舊情人再度拋棄，重蹈覆轍；至於薩寧則禁不起美色誘惑，背叛了一見鍾情的傑瑪。屠格涅夫所塑造的這種因為意志軟弱而懊悔一生、缺乏行動力的人物，成為了文學作品中的一種典型角色——「零餘者」（Superfluous Man）。不過，這種人物並非屠格涅夫的作品獨有，他們也能夠在其他作家的作品裡找到，包括契訶夫《櫻桃園》（*The Cherry Orchard*）裡的大學生彼嘉（Peter），甚或郁達夫小說《春風沉醉的晚上》和《沉淪》裡的主人公。

「零餘者」的出現，可說是源自作家對知識分子的反思。在一個新舊思想交替的大時代裡，知識分子往往是社會發展的精神導師，然而不少作家卻發現一個弔詭的現象——有一些知識分子對社會的見解僅限於紙上談兵，個人生活也充滿矛盾與挫敗，甚至缺乏生活技能；這樣的知識分子，是否仍值得人們景仰和信靠呢？

屠格涅夫能夠敏銳地洞察到俄國新興知識分子這種欠缺行動力，或者欠缺底氣的特質，這是否跟他曾在俄國、德國和法國等不同地方，遇過同時代許多知行合一的優秀知識分子有關？

撇開其他國家和其他的藝術領域不談，單是法國的作家，屠格涅夫就幾乎跟所有當時最頂尖的人物都有往來，而且關係非常密切，這些人物包括前文提及的喬治・桑、梅里美，還有雨果、戈蒂耶（Théophile Gautier）、福樓拜、左拉、龔固爾獎（Prix Goncourt）的設立人龔固爾（Edmond de Goncourt）、莫泊桑等等。由於屠格涅夫在俄國和法國、德國、英國等國家，都有非常熟稔的作家和藝術家（例如英國的狄更斯和法國畫家德拉克洛瓦[Eugène Delacroix]），通過他的翻譯和介紹，許多俄國作家，例如普希金和托爾斯泰的作品，就得以進入西歐各國最頂尖知識分子的視野；與此同時，這些國家的當代作家，也通過屠格涅夫而被翻譯和介紹到俄國去，屠格涅夫因而成為了兩地的文藝中介，一座切切實實，溝通兩國文化的橋樑。至於屠格涅夫自己的作品，亦同樣跨越了語言文化的藩籬，為不同地域的讀者，展現了人文精神之中的許多重要價值。

註

1｜Château一般會譯作城堡，但它實際上在法語裡，也可以指一些不含軍事建築的別墅、大宅院或莊園。維亞多一家的這個居所，就屬於後者，所以此處譯作別墅。

10

矛盾的時代、社會與人生——托爾斯泰和他的《安娜·卡列尼娜》

「你可以用人的愛去愛你珍惜的人，但對仇敵就只能以神的愛去愛。」

——托爾斯泰《戰爭與和平》

LEV NIKOLAYEVICH TOLSTOY

1828-1910

相比起奈特莉（Keira Knightley），蘇菲．瑪素（Sophie Marceau）其實更接近我心目中的安娜．卡列尼娜，但若以整部電影論，韋特（Joe Wright）在二〇一二年所拍攝的《安娜．卡列尼娜》，卻似乎比羅斯（Bernard Rose）的一九九七年版更能道出托爾斯泰小說的深層訊息，更適合作為創作課的教材。尤其是韋特版本用心佈置的舞台象徵和「觀看」等意象，處處都在暗示，安娜身處的一八七四年的聖彼得堡是一個舞台，注視與被注視，在此時此地是一件頭等大事。

電影甫一開始，觀眾立即發現自己處身於劇院的席位上，等待劇幕拉開，然後我們看到聖彼得堡的風景，繼而是一個小劇院應有的舞台。這個舞台將在電影裡通過剪接不斷變換，演化為花壇、後台、客廳、臥室、托兒所、現場、車站、舞廳、溜冰場、小酒館、競技場；但無論它變成甚麼，它仍然是一個舞台，所有人都需要在上面演繹好各自的角色，表現自己，表演自我。但在演繹自我的同時，你亦隨即成為被觀看的對象。如果你的演出超越了你所扮演的角色的本分，觀眾就會對你指手劃腳，而這是非常危險的。

因此導演讓一名鬥牛士率先登場，不，原來他是一位理髮師。任何人如果沒有拿捏好自己的身份，原來真的會對觀眾構成壓迫感和威脅，這個關鍵訊息，導演已經通過這位鬥牛士一般的理髮師手上的剃刀提醒我們，但安娜似乎沒有聽到那金屬所發出的尖銳又刺耳的聲音；即使聽到，她也未必能夠明白箇中的暗示。

就像她在小說登場的時候，托爾斯泰已經以火車站一名慘遭列車輾死的鐵道工人預告了她的命運一樣。當時她僅為列車所造成的意外感到隱隱的不安，卻無法明白，她將同樣死於鐵道的宿命。而她跟鐵道工人不同的是，她的死，是她自己選擇的——不單是指她臥軌自殺的選擇，而是包括促使她選擇臥軌背後的一連串因素。

安娜死於火車——這不單是指她的肉身被列車輾碎這件事，而是包括她在車站跟她後來的情夫伏倫斯基首次相逢，沒有列車這種從西歐傳到俄國的現代化產物，莫斯科和聖彼得堡的人就不能夠輕易往來，而安娜這位有夫之婦，孩子的母親，就不會輕易與伏倫斯基相遇；而若非有別於俄羅斯傳統的婚姻觀、女性觀西潮東漸，安娜在遭遇到伏倫斯基之後，就未必會萌生遵循個人愛慾，而拋夫棄子的想法了。

一切都怪西歐傳播過來的風俗，如果不是那個可惡的法國家庭教師和安娜的哥哥奧勃朗斯基鬧出婚外情，安娜就毋須從聖彼得堡趕來莫斯科規勸嫂子原諒哥哥，而《安娜·卡列尼娜》後面的所有故事，就不會出現了。

自彼得大帝於一六九八年結束他在歐洲各國的遊歷和學習返回俄國之後，俄羅斯隨即進入了急速西歐化的時期。彼得大帝在俄國靠近波羅的海的地方，修建了聖彼得堡作首都，並通過軍事改革、與瑞典的北方戰爭，還有與土耳其的俄土戰爭的勝利，讓俄國躋身到歐洲領導國的位置。與此同時，他藉著改革國家的行政組織，以及社會世俗化等手段，盡力讓俄國社會追上西歐各國的腳步。彼得大帝的西化運動最初只聚焦在科技方面，但後來也順理成章地將西方的文化、藝術、哲學、政治學等知識，一口氣吸收過來，特別是音樂、繪畫、舞蹈、文學，甚至社交禮儀，於是上層社會競相學習外語，甚至會以外語——特別是法語直接交流。至於從西歐各國聘請技工（例如荷蘭的造船專家、法國的工程師，以及德國的炮術專家）、家庭教師更在上流社會之中蔚為風尚。

在彼得大帝急進的改革步伐下，俄國貴族的風俗和思想，還有科學和藝術發展，迅即擺脫了東正教會的掣肘，大大削弱宗教權威對學校的教育影響力，俄國的字母也得以簡化。年輕士子被派到西歐各國留學，而一些俄國的傳統風俗亦遭到革除，取而代之的，是西化的禮儀、衣著、打扮和生活習俗。這些改革確實讓俄國的上層貴族和知識分子得以跟西方各國加以對接，但同時卻也深化了俄國社會階級之間在文化上的差異和分化。因為對於大部分低下階層，特別是農奴而言，他們的生活仍然主要固守在傳統的風俗和文化上，因此上層社會的西化與低下階層的傳統的分化，構成為了俄國的社會危機，並最終結合各種歷史和時代因素，將俄國導向一九一七年的一系列革命運動。

不少敏銳的十九世紀俄國作家，都從人文精神和文化的角度，去反思社會的分化和不公平現象。托爾斯泰是其中一位對這問題思考得最深，並抱著一種近乎懺悔的態度，通過創作、辦學，以及簡樸的生活來回應這些問題的作家。

為甚麼會「懺悔」？因為托爾斯泰出身於貴族的地主階級，而他明白他之所以過著比大部分人優渥的生活，並非由自己勞動所得，而純粹是因為自己剛好出生在貴族的家庭而已。

不過，儘管托爾斯泰出身貴族，他的成長經歷，也並非一帆風順。

由於雙親早逝，托爾斯泰的童年，主要在親戚的監護下度過。跟當時歐洲大部分的貴族子弟一樣，他被安排去研習法律，但托爾斯泰對此卻不感興趣，他將大部分光陰都耗費在社交、賭場之類的場所，後來更中途輟學，回到領地打理莊園。在此期間，托爾斯泰閱讀了啟蒙作家盧梭（Jean-Jacques Rousseau）的作品，並且愛不釋手——他甚至找來一尊盧梭的頭像，當作聖人供奉。自此，托爾斯泰的思想開始轉向，並尤其關懷農民；而為了「賦予生命意義」，他投身軍旅、開始寫作，並在一八五二年發表了《童年》。

一八五七至一八六一年期間，托爾斯泰兩度遊歷歐洲各國。當他回歸俄國時，適逢沙皇亞歷山大二世剛剛解放了農奴，托爾斯泰身為貴族，不單沒有因為利益受損而反對改革，反而為了國家和農民的福祉，辦了一所公立學校和教育學報。從托爾斯泰的作品中可以看到他對國家和民族的熱愛。

一八六五至一八六九年，托爾斯泰投入了所有精力撰寫《戰爭與和平》，這部史詩鉅著以一八一二年俄國抵禦拿破崙的衛國戰爭為起點，一直敘述到一八二五年十二月黨人起義。在這部一百三十多萬字的作品裡，托爾斯泰共寫了五百多個角色，涵蓋了俄國最低層到最高層的各種人物，並通過他們對政治、藝術和哲學等方面的討論，勾勒出俄國的集體精神。

然而，就在生活和創作生命如日中天的時候，托爾斯泰卻突然出現了精神危機，他對所擁有的一切，包括家庭、財產、名望、健康都感到非常滿足；但正因如此，當他想像自己將會死亡，想像這一切美好的事物都終將歸於無有時，他就感到非常荒謬和焦慮了。

重新為托爾斯泰燃起力量的是一樁自殺事件。

一八七二年一月五日，一位名為安娜・司提芬諾娃（Anna Stépanovna）的年輕婦人，因情人搭上了另一位情婦，憤而臥軌自殺——地點碰巧就在托爾斯泰居所的附近。這齣因激情而導致的悲劇深深吸引著托爾斯泰，並孕育出《安娜・卡列尼娜》。在這部小說裡，托爾斯泰以高超的心理描寫技巧描繪了人性的矛盾，呈現出人除了有求生的意識外，還有尋求快樂的慾望，而一旦兩者發生衝突，人往往就會被激情和慾望所驅策，就算遭到世人唾棄，仍甘冒大不韙。可是托爾斯泰也明白到，一個人任憑情慾主導有多危險，它並不能引導人去生命完滿的出口，所以在《安娜・卡列尼娜》的尾段，列文——這位具有鮮明托爾斯泰影子的角色在讀了哲學作品，並想到自殺時，一位樸實的農民賦予了他一個重要的啟示：「活著不是為了慾望，是為了上帝。」[1]

托爾斯泰於是嘗試過簡樸的生活，他開始吃素、穿農民服，甚至思考要不要放棄自己的財富。只是，人性就像托爾斯泰所描繪的那樣複雜而矛盾，而托爾斯泰自己也是人，所以他自己亦不能倖免。

如前面曾經述及，托爾斯泰對農民非常同情，畢生都對自己出身貴族耿耿於懷，他一度想過要放棄所有財產，可是卻擔心十三個子女的生活；他想放棄物質生活，投身宗教，但當他去造訪奧天拿（Optima-Poustine）修道院時，卻不忘帶上一個女傭以供沿途使喚。跟托爾斯泰關係密切的高爾基（Maxim Gorky）在一篇回想托爾斯泰的文章裡，曾這樣描述和評價托爾斯泰：「突然間，從農民般的大鬍鬚下，從皺巴巴的平民襯衫下，出現了一位老俄國貴族，這位耀眼的貴族，而在場直率、具教養和其他訪客的鼻子，就會瞬即因為一種難以承受的冷峻而發青。能夠看到這個純淨血統的人物，看到他的高貴和優雅的姿態，他在演說時引以為傲的矜持，聽到他精妙尖刻且會傷人的話語，實在太好了。在他們喚醒那位貴族托爾斯泰的時候，托爾斯泰儘可能地向農奴們展現了所需的貴族氣質，一切是那麼自然和輕易，以至他能夠全然將他們壓碎，教他們只能蜷縮起來抱怨。」[2] 雖然托爾斯泰努力改變自己的生活和習慣，靠近低下階層，但貴族的出身和教育多少還是會影響到他待人接物的方式。然而，托爾斯泰和他的作品之所以充滿魅力，恰巧也就在於它們體現人性的矛盾。

不過，如果我們循著非常現實的角度去思考，我們將發現一個很殘酷的問題，而這問題多少也跟托爾斯泰離世有著密切的關係——即使托爾斯泰沒有上述的矛盾心理，真的能夠忍受樸素的生活，也不代表他的妻子和十三個子女樂意陪他一同忍受這種生活。

「是的，明明就擁有那麼多田房，何況托爾斯泰還有那麼多的著作，這些著作的版稅可是非常可觀呢。」

托爾斯泰的妻子蘇菲亞（Sophia Andreyevna Behrs）當時會不會是因為經常這樣想，所以她和托爾斯泰在晚年的磨擦才愈加頻密？而這些磨擦，會不會就是晚年托爾斯泰逐漸變得身心俱疲的原因？

一九一〇年十月二十八日的半夜，托爾斯泰決定離家去尋找可供他獨處的心靈安歇處，豈料他卻在途中患上感冒，結果在到了十一月七日，這位蜚聲國際的作家就此與世長辭，托爾斯泰最終還是無從繞過一度讓他焦慮萬分的死亡。不過，就像所有文學史上舉足輕重的巨人一樣，托爾斯泰的作品在他身後，仍然不斷激勵和撼動著世界，而除了他的卓越作品，托爾斯泰為世界所留下的，還有他所信仰和落實到生活的各種信念和價值觀，包括反戰、非暴力的和平主義、崇尚簡樸的低物慾生活態度和素食主義，以及肯定勞動是一種美德的價值取向等等。

註

1 ｜〔俄〕托爾斯泰著，草嬰譯：《安娜 · 卡列尼娜》（上海：上海遠東出版社、北京：外文出版社，一九九七年），頁一〇四七。

2 ｜筆者譯自：Gorky, Maksim. *Reminiscences of Leo Nikolaevich Tolstoy*. Translated by Leonard Woolf, Folcroft: Folcroft Library Editions, 1977, p. 23.

Война и мир

11

探挖微妙而複雜的心理現象——普魯斯特的《追憶似水年華》

「那些為我們的生命帶來幸福或不幸的事物，對他人而言，幾乎是難以覺察的。」

——普魯斯特《尚．桑德伊》

MARCEL PROUST

1871-1922

自從斯萬（Charles Swann）在劇院認識了奧黛特（Odette de Crécy），斯萬就開始寢食難安。說來也奇怪，斯萬最初見到奧黛特這位高級交際花的時候，並沒有一見鍾情，但當他反覆聽到他們在相遇時所聽過的奏鳴曲之後，斯萬對奧黛特的愛意就開始覺醒。自此，這首《凡德伊奏鳴曲》（*La Sonate de Vinteuil*）[1]，就成了斯萬紀念他跟奧黛特相戀的主題曲。

就像今天不少情侶都擁有一首喚起他們戀愛記憶的歌曲一樣，《凡德伊奏鳴曲》變成了一種暗示，每當斯萬聽到或者想起這首曲，他對奧黛特的愛火就會更旺盛。他瘋狂地惦念奧黛特，每當她不在自己身邊，他就懷疑她在和其他人卿卿我我；即使兩個人待在一塊兒，他仍會懷疑對方是否真心喜歡自己。某天，斯萬忽然發現，奧黛特跟意大利畫家波提切利（Sandro Botticelli）筆下的一位少女非常相似，斯萬回家找出波提切利的畫片，天啊，他發現畫中人跟奧黛特果然十分相似。

後來，斯萬就像今日在明星身上發現戀人某些相似特徵的人一樣，每看一遍畫片，就會激起他對戀慕對象的愛意，更覺得奧黛特美艷；至於初相識時，奧黛特身上的那種平庸感以及外貌上的瑕疵，也漸漸一掃而空。斯萬愈來愈想全然佔有奧黛特，但即使二人朝夕相對，斯萬仍不覺得奧黛特屬於自己，結果他被這種感情折磨得痛苦萬分。

很多人讀《追憶似水年華》（*À la recherche du temps perdu*），都以為這僅僅是一部文采流麗的言情小說，實則不然。有些讀者未能探挖出這本小說的價值，主要因為他們覺得小說的場景非常零碎，但事實上這部小說的結構非常統一，只是它的統一性，跟一般讀者習慣的那種傳統小說有所不同。《追憶似水年華》的內容，並非按線性情節發展，小說故事也不是以一些戲劇性的事件貫穿。普魯斯特（Marcel Proust）無意通過這個小說來模擬現實世界裡面的事物，因為對普魯斯特而言，所謂「真實」，並不客觀存在，而是存在於人們的主觀感知，以及人們在感知之後，通過不同藝術形式來表現的作品之中。因此，讀者若想充分把握這部小說的價值，必須先理解普魯斯特的這種美學取向。

在小說裡，普魯斯特對人物的心理作了鉅細無遺的描繪和分析，其中又以探討「愛情」這種複雜的心理活動最為精彩。普魯斯特通過小說裡面的各個人物，詳細描述了愛的痛苦、記憶與情感的關係，還有內在感情不穩定的狀況等等。除此之外，普魯斯特在小說裡，還會以非常尖銳且饒富趣味的筆法，刻畫世俗社會，特別是上流社會的勢利且矯揉造作的習氣。不過，有別於一般的作家，普魯斯特在敘述這些現象之餘，還破譯了這些現象背後的社會因素和個人的心理因素。

斯萬與奧黛特的愛情故事就是其中一個典型例子。

在《追憶似水年華》第一卷的結尾，斯萬終於如願以償，娶了奧黛特，可是，當斯萬憶及昔日瘋狂戀慕奧黛特的時候，普魯斯特卻為他精心安排了一段文字：「『醒來一小時後，當他指點理髮師怎樣使他的頭髮在火車上不致蓬亂時，他又想到他那個夢，又看到奧黛特蒼白的臉色、瘦削的面頰、疲憊的臉龐、低垂的眼皮，彷彿全都就在他的眼前……』[2]然後他咆哮道：『我浪擲了好幾年光陰，甚至恨不得去死，這都是為了把我最偉大的愛情給了一個我並不喜歡、跟我也不一路的女人！』」[3]

普魯斯特借斯萬提示讀者，愛原來僅僅是個人萌生出的一股力量，它看似是兩個人的事，實際不然；這股力量需要一個投射的對象才能清楚表現出來，情況就像投影機的光束與投影幕的關係，而這股力量，往往是由自己建立給自己的暗示（例如音樂、圖像、語詞或者地點）誘發出來。

藉故事分析「愛」，只是《追憶似水年華》的其中一個面向。在此之外，小說還深入探討了人類許多微妙的心理現象，例如記憶、印象、想像……而普魯斯特對於語言文字如何主導這些心理活動尤感興趣。

《追憶似水年華》第一卷——《在斯萬家那邊》（*Du côté de chez Swann*）的第三章是有關名字與城市的討論，這一章的標題是：〈地名：那個姓氏〉（*Noms de pays: Le nom*）。有別於集中敘述斯萬對奧黛特的愛的第二章，敘事者在《在斯萬家那邊》的第三章將主題一轉，承接第一章的內容，繼續敘述自身的故事。這章的敘述，由敘事者對巴爾貝克（Balbec）[4]「海灘大酒店」（Le Grand Hôtel）其中一個房間的描述展開，然後敘事者想到兩個國家以及這兩個地域的風景差異。敘事者以這兩個地域的名字，展開他的想像之旅，而敘事者這趟旅程，跟其如何接受地域的名字有密切關係。

在這一章，敘事者點破了人名和城市的名稱所能產生的假象，並用了三個步驟來「去假象」。

首先，敘事者指出專有名詞對人所能產生的魅惑。敘事者首先對專有名詞以及一般名詞加以區別，從而證明專有名詞實有一股產生假象的力量。在《追憶似水年華》整套小說裡，其實處處都能看到專有名詞所引發的假象，而有趣的是，敘事者也是其中一位誤信假象的受害者。

第二步，敘事者以夢與現實的矛盾關係來闡述那些由專有名詞生成的假象。敘事者在《在斯萬家那邊》的第三章，將專有名詞怎樣勾起人們神秘感受的特徵呈現出來，這些神秘的感受往往能予人一些幾可亂真的印象，但事實上這些印象跟現實毫無關係。人們若隨便將這些印象等同現實，最終就會因現實和想像的差距，而對現實感到失望，因為專有名詞——這些在語法學角度來說稱作「能指」（Signifiant）的元素，實際並不必然等於「所指」（Signifié）的內容。

《追憶似水年華》的敘事者數度因現實與想像的落差而感到失望，實際源自他對旅行以及認識他人的渴望，因此在第三個「去假象」的階段，作者就以一種「去神話化」方式去說明人名和城市所產生的假象。作者通過敘事者多年後的反思，說明敘事者當年之所以會對那些陌生的人名及城市寄予遐想，純粹是基於青年時代的無知。

在《追憶似水年華》的這一章，敘事者為了指出名詞與圖像的關係，首先對專有名詞及一般名詞加以區別。兩種名詞雖然相似，但它們的特性以及對讀者所能產生的效果，可謂背道而馳。

據敘事者的說明，名詞是一種「文字為我們提供事物的明白而常見的小小的圖像，就像小學校牆上掛的掛圖，教給孩子甚麼叫做木工的工作台，甚麼叫做鳥，甚麼叫做螞蟻巢，反正把同一類東西都設想成是一模一樣。」[5]

一般名詞一般都指向它們所描繪的印象，這些圖像一般都比較明晰，屬於大眾常接觸的事物，而這些事物往往還能充當示例或者教材，具備說明的功能。正如敘事者所說，一般名詞就像學校裡的掛圖，作為孩童認知世界的基礎。一般名詞可以說是一些能夠穩定指稱「所指」的「能指」，但值得注意的是，一般名詞只能概括地指涉相同種類的事物，換言之，它們容易將事物的形象普遍化。一般名詞難以賦予它的「所指」獨特的涵意，它只能為事物作系統、科學，以及邏輯的分類，往往帶有較少的主觀性和感情。

專有名詞則跟一般名詞完全相反。據敘事者的講法，專有名詞可以分成兩種，分別是人名和城市名稱，它們都不像一般名詞那樣明晰，正如敘事者所說：「而人名（還有城市的名稱，因為我們是習慣於把城市看成是跟人一樣各有不同，獨一無二的）為我們提供的圖像卻是含糊的，它根據名字本身，根據名字是響亮還是低沉，選出一種顏色，把這圖像普遍塗上，像某些廣告一樣，全部塗上藍色或全部塗上紅色，由於印刷條件的限制或設計師的心血來潮，不但天空和大海是藍的或紅的，就連船隻、教堂、行人也是藍的或紅的。」6

為甚麼專有名詞所提供的圖像是「含糊的」？因為在一般名詞的個案裡，名詞所指涉的，首先是一些概念，而通過這些概念，再折射出相對的圖像。基於這原因，由一般名詞所產生的印象，往往都比較明晰且具普遍性。相反，由專有人名或者城市名稱所產生的印象，則往往會比較含糊，因為這些名詞所指涉的人與城市均會隨著時間而不斷變化。儘管我們對某人或某城所下的定義具有一定的穩定性，例如五百年前的威尼斯與今日的威尼斯，它們的經緯度理論上不會有太大差異，但兩個「威尼斯」所指涉的意涵，實際並不完全一致。

基於這個原因，如果讀者僅憑字詞去認識某人或某城，就注定無法全然理解和認識該人和該城；而如果讀者像《追憶似水年華》的敘事者那樣，自小就對遠方的城市充滿遐想，那麼日後當他們真正能夠拜訪自己嚮往已久的人和城時，就難免會因現實與嚮往的落差而感到失望。

類似的例子，在《在斯萬家那邊》的第一章——敘事者遇到蓋爾芒特（Guermantes）公爵夫人時的一幕出現過。長久以來，敘事者就對蓋爾芒特家族的名字心生傾慕，因為蓋爾芒特家族的祖先，相傳是布拉班特的日南斐法（Geneviève de Brabant），因此他們的家族似乎永遠都包裹住一種中世紀墨洛溫王朝（Merovingian Dynasty）的光環，而由於這個名字最後的 antes[7]，敘事者每想起這名字，就總會聯想到一種日落餘暉的色彩。可惜，當敘事者終於見到公爵夫人時，他大失所望，因為公爵夫人的實際容貌跟他所想像的大相逕庭。

雖然敘事者漸漸懂得，專有名詞實際並不對應現實中它們所指涉的事物，「但這是經過改造了的形象，是依照它們自身的規律重現到我的腦際的形象；這些名字美化了這些城市的形象，也使它跟著這些諾曼第和托斯卡尼的城市的實際不相一致，而我想像中賦予的任意的歡快愈是增長，來日我去旅行時的失望也愈強烈。這些名字強化了我對地球上某些地方的概念，突出了它們各自的特殊性，從而使它們顯得更加真實。我那時不把這些城市、風景、歷史性建築物看成是從同一塊質料的畫布上在不同的位置裁剪下來，賞心悅目的程度有所不同的畫幅，我是把它們當中的每一個都看成是一個完全與眾不同的陌生的東西……」[8]

敘事者對現實事物的誤判和失望，實源自他的旅行慾望。敘事者從未去過翡冷翠

（Florence）[9]，亦未去過「巴爾貝克」，因此他對這些城市的慾望，就轉化為聯想。這種由城市名稱所作的聯想，實際是一種複雜的心理活動。藉著聯想，敘事者彷彿能夠親歷其境，遊歷這些嚮往已久的城市：「即使是在春天，只要在哪本書裡見到巴爾貝克這個名字，就足以喚起我去看暴風雨和諾曼第哥德藝術的願望；哪怕是個風雨交加的日子，佛羅倫斯或者威尼斯這個名字也會使我嚮往太陽、百合花、總督府或者百花聖母院。」[10]

敘事者通過專有名詞而對城市所生成的印象，其實是一種文學和語言學領域的詮釋問題。例如，當敘事者提到意大利的巴馬就說道：「自從我讀了《巴馬修道院》以後，巴馬就成了我最想去的城市之一……」[11]。文學作品不時引起敘事者造訪遠方城市的慾望，通過對文學作品的想像，敘事者對該城的印象也就固定下來。這種固定的印象，總括而言，可以由四種不同的途徑產生，分別是文學作品的描寫、城市名稱的聲韻、城市名稱的字義，以及城市的歷史掌故。這幾種元素，往往不會單獨產生影響，而是同時在接收者的心靈裡產生共鳴，例如敘事者對巴馬（Parme）的印象，就不獨來自司湯達的小說《巴馬修道院》（*La Chartreuse de Parme*），而是同時包含了敘事者對「巴馬」這個字音的想像：「我覺得它的名字緊密、光滑、顏色淡紫而甘美，如果有人對我說起我將在巴馬的某一所房子得到安置，那他就使我產生一種樂趣，認為我可以住進一所光滑、緊密、顏色淡紫而甘美的住所，它跟意大利任何城市的房子毫無關係，因為我只是借助於巴馬這個名字的密不通風的沉重音節，借助於我為它注入的斯湯達爾式的甘美和紫羅蘭的反光而把它設想出來的。」[12]

敘事者懂得，自己想像中的巴馬並不完全等於現實中的巴馬，不過他似乎十分樂在其中。閱讀，對這位自小多病的敘事者而言，已變成了一種遊戲，容許他在一個虛幻的時空裡建構出一個嶄新的世界。這是一個充滿知性的文學遊戲，因為遊戲的材料就是作者的閱讀資料，而敘事者所需要做的，就是將他的閱讀經驗拼湊成具體的畫面和故事。比方說，敘事者對另一個城市——翡冷翠的想像，他首先想到的，就是城市的別名——「百合花之城」，還有城市裡最有名的地標——聖母百花大教堂（Sainte-Marie-des-Fleurs）。由於兩個字詞都跟花有關，所以敘事者在這些花的意象上，聯想到花冠。專有名詞不單觸動了敘事者的視覺聯想，還通過感通效果，引起嗅覺的聯想；因此，翡冷翠對敘事者而言，還是一座散發出神奇香味的城市。簡而言之，敘事者對城市的聯想，並不是一種邏輯、理性的關係，而是一種「通感」（Correspondance）關係。

如前所述，《追憶似水年華》實際並不是一部寫實主義的作品，普魯斯特在這部作品裡所比較關注的，而是人的心理活動，特別是想像力所產生的效用。儘管整部小說的語言具有濃厚的抒情調子，但實則包含了大量的知性討論。小說的各個部分，對人的各種心理活動，例如愛戀、記憶、認知，都作了深入詳盡的分析和描寫，而由於這些知性的內容太豐富、太深刻，也跟主情節配搭得非常妥貼，以致讀者若不耐心思索小說的內容和佈局，就難以發掘出作品所蘊含的真正價值。

誤解《追憶似水年華》，並不只有一般的讀者。一九一二年，法國二十世紀其中一位最傑出的小說家、法國文壇的旗手——紀德（André Gide）就曾經一口否決了《追憶似水年華》的出版計劃，原因是他無法理解小說的開端為甚麼竟花了這麼多的篇幅，去描寫敘事者輾轉反側的入眠情狀（不過紀德稍後還是發現、並肯定了這部小說的特點和價值）。由此可見《追憶似水年華》並非那種能夠讓讀者一眼看穿的作品，而是需要反覆細讀，且邊讀邊深入思考的時代鉅著。這些深刻的內容，讓《追憶似水年華》成為了二十世紀其中一部較難讀懂的作品；但基於相同的原因，讓這部作品亦成為了二十世紀其中一部最具份量的文學經典。

註

1—這是《追憶似水年華》裡面的一首虛構的樂曲。

2—［法］馬塞爾．普魯斯特著，李恒基等譯：《追憶似水年華》（台北：聯經出版公司，二〇一五年），頁四二九。

3—［法］馬塞爾．普魯斯特著，李恒基等譯：《追憶似水年華》，頁四三〇。

4—這是普魯斯特在《追憶似水年華》中虛構出來的一個城市，不過這城市實際也有它的原型，那就是法國諾曼第的卡布爾（Cabourg）。

5—［法］馬塞爾．普魯斯特著，李恒基等譯：《追憶似水年華》，頁四三六。

6—同上。

7—此處的聯想，可能出自 antes 一詞的其中一個涵意，即六世紀黑海地區的一個斯拉夫族群。

8—［法］馬塞爾．普魯斯特著，李恒基等譯：《追憶似水年華》，頁四三五至四三六。

9—這城市的意大利原文為 Firenze，因此一些中國作家，例如徐志摩，就採用「翡冷翠」這個既有色彩、詩意，而音韻亦對應原文的翻譯。反而不用今天較為普及，來自英文 Florence 的「佛羅倫斯」。

10—［法］馬塞爾．普魯斯特著，李恒基等譯：《追憶似水年華》，頁四三五。

11—同上，頁四三六。

12—同上。原書把司湯達譯為「斯湯達爾」。

Jean Santeuil

12

消逝的命運與美學——以撒・辛格的意第緒語小說（一）

「上帝造人因祂喜愛故事。」
——意第緒諺語

ISAAC BASHEVIS SINGER

1903-1991

公元一三二年，羅馬帝國猶太行省的猶太人再次起義爭取獨立，而這亦是猶太人最後一次對抗羅馬人的起義。儘管猶太人在起義期間奮勇抗爭，但最終還是不敵羅馬大軍。起義大約持續了三年，到了公元一三五年，羅馬皇帝哈德良（Caesar Traianus Hadrianus Augustus）的軍隊攻陷了猶太人最後一個要塞——貝塔（Betar），並隨即對當地的猶太人展開屠殺。為了進一步消除猶太人的身份意識，哈德良將猶太行省易名為敘利亞·巴勒斯坦行省（Syria Palaestina），結果大量的猶太人離開了故土，朝全球不同的角落遷移流徙。

猶太人的大規模流徙，其實在羅馬帝國時代之前已發生過，首次大流徙發生於公元前七三三至公元前七二二年亞述帝國（Assyria）攻佔由原以色列王國分裂出來的北國——以色列國（Kingdom of Israel）。在此期間，不斷有猶太人被擄到亞述帝國為奴，直到公元前七二二年以色列國滅亡，這種被異族大規模擄捕而引起的人口遷移才告一段落。

之後一次大流徙，介乎公元前五九七至公元前五八一年之間，當時新巴比倫帝國（Neo-Babylonian Empire）數度入侵由原以色列國分裂出來的南國——猶大國（Kingdom of Judah），最終將猶大國消滅。新巴比倫帝國於公元前五九七年在國王尼布甲尼撒二世（Nebuchadnezzar II）的帶領下打敗猶大國，攻陷首都耶路撒冷。當時巴比倫除了擄走大量的猶太人（特別是貴族、富人、宗教領袖和工匠），還摧毀了猶太人的宗教和精神核心象徵——聖殿。及至公元前五八七年，猶太人在西底家王（Zedekiah）的統治下起義反抗新巴比倫帝國，結果耶路撒冷整個城市被夷平，一部分猶太人再被擄走為奴。而到了公元前五八六年，新巴比倫帝國徹底消滅了猶大國，於是又引發了猶太人又一次的大流徙。

後來取代巴比倫而崛起的波斯帝國（Persian Empire），因為對帝國轄下的異族採取不同的人口政策，所以當居魯士二世（Cyrus II）在位期間，部分猶太人被允許返回耶路撒冷生活，並重建聖殿，這第二聖殿，也就是新約《聖經》中，耶穌基督所造訪的聖殿。據記載，第二聖殿的規模遠遠比不上所羅門王（Solomon）所建的第一聖殿，所以《聖經．以斯拉記》（*Book of Ezra*）敘述說，當猶太人為第二聖殿立定根基時，部分曾經見過第一聖殿的猶太人禁不住大聲哭號。不過無論第二聖殿與第一聖殿的差距有多遠，直到公元七〇年羅馬人將之摧毀之前，它始終是凝聚猶太人的精神和信仰象徵。聖殿被毀除了象徵著猶太人的精神和信仰核心被瓦解，同時也促使到猶太人的宗教話語權，從原來的聖殿祭司之手，逐步轉移到「拉比」（Rabbi）這個獨特的學者階層之中。猶太教信仰的其中一部經典——輯錄了猶太教口傳律法、口傳律法註釋和聖經註釋的《塔木德》

（*Talmud*），就是在第二聖殿被毀、猶太人完全失去了自己的土地、全面流徙之後逐步完成的。

猶太人雖因失去了國土而不斷寄居異地，但卻因為能夠恪守傳統文化和宗教信仰而保留了極強的身份意識。這種強烈的身份意識可說是一把雙刃劍，它一方面讓猶太人無論旅居何處，都能持守傳統文化，不致輕易遭到異國民族同化；但它同時也限制了猶太人融入異國社會，讓猶太人經常被標籤為難以理解、形跡可疑的異類。

在五至十五世紀的歐洲中世紀，猶太人繼續四處流徙。流徙到歐洲的猶太人可以籠統地分成兩個族群，一個是流徙到歐洲東部和北部的阿什肯納茲（Ashkenazi）猶太人；另一個則是流徙到地中海一帶，特別是在伊比利亞半島（Iberian Peninsula）的葡萄牙和西班牙兩國落地生根的塞法迪（Sephardi）猶太人。後來在中、東歐開展出璀璨意第緒文化的，就是阿什肯納茲猶太人。

意第緒語大概誕生於公元九至十二世紀，是一種廣泛應用於阿什肯納茲猶太人的語言。籠統而言，猶太人原來的母語是希伯來語，但隨著多個世紀的持續流徙，猶太人的語言就漸漸與寄居地的語言融合，發展出不同的語言；至於希伯來語，就變成了一種主要用於宗教領域的神聖語言。這種情況，以意第緒語為母語的阿什肯納茲猶太人社區當中，尤為普遍。

意第緒語是一種由希伯來語，以及中世紀德語糅合而成的語言，使用意第緒語的猶太人主要散佈在今日的俄羅斯、烏克蘭、羅馬尼亞、波蘭、匈牙利、立陶宛、白俄羅斯、捷克、奧地利，以及德國等地，因此意第緒語也吸收了不少這些地區的方言和用語。據統計，在十九世紀末、二十世紀初，全球約有一千八百萬猶太人，而其中就有一千一百萬人使用意第緒語。可惜在這些人之中，有百分之八十五的人口，在二十世紀接二連三的迫害事件中喪生，到了一九九六年，意第緒語的使用人口，大致只剩下二百萬人。

由於意第緒語被中歐和東歐的猶太人廣泛應用，建基於這套語言的文化，亦隨著猶太人在歐洲平原上開枝散葉而應運而生。其中，跟語言有著密切關係的戲劇、音樂和文學，都展現出獨特的光芒。以音樂為例，意第緒語歌曲的種類非常豐富，包括照料孩童時唱的搖籃曲、抒發哀悼，祈求死者安息的安魂曲、獻給愛侶的情歌，以及在節慶中供人熱烈起舞的克萊茲默（Klezmer）等等。至於意第緒語的文學則更是璀璨，儘管這套獨特的文學體系延續的時間不長，但仍然為人類文明留下了不少深邃耐讀的作品，在世界文學史上寫下了驕人的一頁。

最早的意第緒語文學，主要是一些以不諳希伯來文的猶太讀者——特別是婦女，為對象的祈禱書。首部以意第緒語書寫的重要著作，就是創作於十七世紀早期的 *Tsene-rene* [1]，這部書輯錄了傳統的聖經評註以及一些跟聖經內容相關的民間故事。

意第緒語文學漸見成熟的時期大致在十九世紀中葉，隨著當時愈來愈多意第緒語報刊創刊，意第緒語作家亦得到了一個新的平台，讓自己的作品流播得更廣更遠。這時期最重要的作者，就是阿伯蘭穆維奇（Sholem Yankev Abramovitsh）。

相比起本名，阿伯蘭穆維奇的筆名——曼德勒（Mendele Moykher Sforim）可能更廣為人認識。「阿伯蘭穆維奇」是作者以希伯來文寫作時的署名，至於「曼德勒」則是用意第緒語時的署名。對於當時的大部分猶太人而言，希伯來語仍然是連繫著信仰的神聖高尚語言，而意第緒語則是相對大眾的生活語言。

傳統猶太文化對文藝創作有極大的保留，因為繪畫在某程度上跟「十誡」中的第二誡——「不可拜偶像」有所抵觸；至於虛構故事，則有觸犯第九誡——「不可作假見證」（說謊）之嫌。因此，意第緒語作家會以意第緒語而非希伯來語創作——特別是小說，而其中部分作家還會選擇以筆名作為署名，多少都體現了傳統猶太文化對文藝創作的質疑態度。這種文藝傳統對書寫文學，尤其是由知識分子所創作的文學產生了相當大的限制；但儘管如此，文學仍然在阿什肯納茲猶太人群體裡，有著長足發展，特別是在民間文學與口頭文學等領域。不少人可能都會誤以為，猶太文學主要就是由宗教文學一類嚴肅作品所構成，但事實上，猶太文學亦有其輕鬆幽默的一面，比方說通過口耳相傳而在民間廣為流播的傳說、童話寓言，以及饒富意味的笑話等等，這些文體深深結連著意第緒語作家的生活和記憶，因此意第緒語作家有不少作品在題材、體裁、文筆和語調等方面，都明顯秉傳了這些傳統，而不時展現出濃厚的幽默感，以及對敘述故事的興趣。這些特點，在曼德勒這位早期意第緒語作家的作品裡，充分體現出來，而後來於一九七八年獲頒諾貝爾文學獎的以撒．辛格[2]，其作品更可謂集意第緒語文學傳統之大成。

曼德勒出生於明斯克（今白俄羅斯首都），他十四歲就成了孤兒，因此他曾經在烏克蘭的境內行乞度日。曼德勒早期主要以希伯來語寫作，後來他才以意第緒語創作小說。他的故事深深繼承了猶太人的民間故事傳統，而它們有別於傳統民間故事的地方則在於，曼德勒描寫的對象，以現代人物為主。論到曼德勒的代表作，當數《便雅憫三世之旅》（*The Travels of Benjamin III*，希伯來語為 *מסעות בנימין השלישי*）。這是一部以《唐·吉訶德》（*Don Quixote*）為參照對象，通過幽默筆法，講述猶太人流徙處境的諷刺小說。曼德勒的作品帶有明顯的「哈斯卡拉運動」（Haskalah）——歐洲猶太人啟蒙運動的精神。

「哈斯卡拉運動」可說是一個於十八世紀開始延續至十九世紀下半葉的猶太思想運動，往往亦被視為猶太文化現代化的重要里程。「哈斯卡拉運動」主要在教育、經濟和政治幾方面對傳統猶太文化提出了革新主張。首先在教育方面，「哈斯卡拉」思想家建議在傳統的宗教教育之外，猶太人還應該接受不同學科的基本教育，廣泛吸收各種知識，特別是科學和各國語言。其次，在經濟方面，由於一直以來猶太人寄居的國家普遍禁止猶太人擁有土地，因此猶太人往往無法從事農耕或畜牧等行業。基於這種限制，低下階層的猶太人大都只能從事手工業工作，例如裁縫、皮匠、木匠之類的工作；而經濟條件比較優渥的，則會從事放債工作。這些工作，都屬於社會地位卑下的工作，而後者更經常讓猶太人被標籤為暴發戶、守財奴和高利貸吸血鬼，以至寄居地一旦發生變亂，猶太人通常就會首當其衝，成為被欺壓剝削、洩忿攻擊的代罪羔羊。有見及此，「哈斯卡拉」思想家除了建議改革教育，還主張猶太人應該儘量成為專業人士。十八世紀至今，各專業領域如醫學、科學、工程、音樂、文學、心理學，都不斷出現舉足輕重的猶太裔專家，「哈斯卡拉運動」可謂功不可沒。此外，為了改善猶太人於寄居地的邊緣處境與地位，「哈斯卡拉」思想家鼓勵各地的猶太人努力改善他們與寄居地人民的關係，積極參與寄居地的事務，一方面通過猶太人在各領域的貢獻，扭轉猶太人長期被標籤的負面形象；另一方面，亦可以藉此在寄居地爭取到更大的政治話語權，從而改變猶太人長期受到逼迫排斥的不利處境。

曼德勒的小說，主要就是要闡發上述的「哈斯卡拉」精神。他所身處的十九、二十世紀，儘管歐洲各國專供猶太人寄居的「隔都」（Ghetto）其中不少已拆除了原來用於限制猶太人活動的圍牆，但猶太人與寄居地百姓的往來卻仍然有限。曼德勒正正希望通過自己的作品去影響群眾，將他們的精神和心靈都從「隔都」裡解放出來。曼德勒這種現代的理性精神，以及他如散文詩般的行文筆法，影響了不少後來的意第緒語作家，因此他被普遍認為是意第緒語文學和現代希伯來文學之父。

註

1 或者寫作 *Tseno Ureno*，原文拼寫為（*צאנה וראינה*），書名來自《聖經．雅歌》（3:11）：「錫安的眾女子阿、你們出去、觀看」（*צְאֶינָה וּרְאֶינָה בְּנוֹת צִיּוֹן*）。

2 有的亦會譯作「艾薩克．辛格」。對於辛格的出生年月日，由於猶太曆法有別於西方曆法，不同論者有不同的主張。在參詳相關資料後，本書採用一九〇三年一說。

דער שטן אין גאריי: א מעשה פון פארצייטנס און אנדערע דערציילונגען

13

消逝的命運與美學——以撒·辛格的意第緒語小說（二）

「夜晚是嚴酷的時刻，也是慈悲的時刻。有些真相只有在黑暗中才能看得清。」

——以撒·辛格《泰貝勒和她的惡魔》

ISAAC BASHEVIS SINGER

1903-1991

在意第緒語文學史上，地位與曼德勒不相伯仲，甚至有過之而無不及的，就是一九七八年的諾貝爾文學獎得主辛格。辛格是一位非常擅長說故事的作家，而這種專長，跟他的成長背景有著密不可分的關係。辛格生於二十世紀上半葉的一個波蘭猶太人家庭，父親是猶太教的拉比，自小就在濃厚的猶太教信仰，以及民間文學的氛圍成長。辛格有不少小說，以東歐猶太人的宗教生活、民間傳說為題材，充滿濃厚的寓言色彩；他的不少作品，繼承了東歐猶太民間文學的寓言筆法與幽默感，下面這個故事可說是其中的典型例子。

故事發生在傻瓜村海烏姆，那天，六位「聰明」的長老正在會議室為空虛的公庫發愁，村裡最有錢的泰比西竟走了進來。他把一袋金幣放在桌上，跟眾人說，只要他們能替他找到不死的辦法，他就將金幣送給他們。幾個長老茫無頭緒，倒是旁邊的教區助理胡圖仁頭腦清醒，想出一個點子：只要泰比西願意移居到達富卡這個貧民區，他的願望就可以達成。為甚麼是達富卡？胡圖仁提供了一個有力的論據：某天，當他百無聊賴，翻看海烏姆的出生和死亡紀錄時，他驚訝地發現，達富卡竟從來沒有死過一個富人！因此，他有理由相信，泰比西只要移居到那裡，就會永遠不死。泰比西一聽，覺得很有道理，就決定移居到達富卡。他先付了十個金幣給長老，至於餘數，嗯，得證實了他真的不死之後才付清。泰比西就這樣搬到了達富卡，他每天在那裡吃他的薄餅加酸奶油，喝加了果醬的茶和加了苣菊的咖啡，抽他的煙斗，五年轉眼過去，他還未付清餘數，因為他還未確認，他真的不死。這筆餘款，泰比西最後始終沒有付清，因為，他在第六年突然患了一場病就死了。不對啊，泰比西明明已經住在有錢人不死的地方，怎麼還是會死的呢？就此問題，六位長老跟胡圖仁苦苦思索了七天七夜，最後，還是由胡圖仁找到了圓滿的答案：嗯，自從泰比西搬到達富卡之後，他再沒有做成一筆生意，而他原來的錢，都花在吃喝和奢侈品上，就在不知不覺之間，泰比西不再是有錢人了，於是就難逃死亡的厄運。[1]

以上，就是辛格的短篇寓言故事〈有錢人不死的地方〉的故事大要。許多人都覺得，現代文學已沒有寓言，辛格卻以作品說明，即使在現代，只要懂得說故事，現代作家一樣可以創作寓言故事。不過，除了短篇，辛格其實亦兼擅長篇，而且當中不乏獨當一面的代表作。例如以二十世紀東歐猶太人社區為舞台的《蕭莎》（*Shosha*），以及辛格的成名作《撒旦在戈雷》（*Satan in Goray*），都是十分迷人的作品。

《撒旦在戈雷》以波蘭的猶太社區為舞台，講述了十七世紀一次彌賽亞運動下，戈雷的猶太人如何等待彌賽亞的降臨。在這次等待救世主的宗教運動裡，戈雷先後出現了一些似是而非，自稱是彌賽亞門徒的人，以及連串神秘的超自然現象。由於猶太教裡面有不同的派別，而他們對救主、末日等議題都有不同的理解和主張，於是戈雷的猶太人就順著這些門徒的教導而為末日作不同的準備。例如先有一個門徒提出，猶太人必須達到完全聖潔，才能在末日之中得到救贖，於是戈雷的猶太人就緊張地沐浴齋戒，出入會堂研經祈禱，並且禁戒各種慾望，等待末日到臨；豈料戈雷後來又來了另一位自稱彌賽亞的門徒，他將之前那位門徒的主張都推翻了，並提出由於最終的審判是為了肅清地上的罪，因此如果人世不夠骯髒，那麼末日就不會來臨。於是戈雷的猶太人立即從禁慾之中釋放出來，縱情食色，各盡罪惡之能事……辛格通過描述戈雷的猶太人，道出二千多年來，猶太人如何在各種真真假假的訊息之中苦苦等待他們的彌賽亞、他們複雜的生存處境，以及特殊的精神狀態。整部《撒旦在戈雷》充滿奇幻色彩，但同時又能扎根於猶太人的歷史文化，對有興趣了解猶太傳統文化的讀者而言，實在是一部不可多得的趣味入門書。

辛格另一部值得推薦的長篇——《蕭莎》，則是以主角亞倫（Aaron）——一個寄居波蘭的猶太小男孩，跟他青梅竹馬的女友蕭莎（Shosha）之間的愛情故事貫穿。故事發生於二戰納粹德軍入侵華沙，對猶太人進行種族清洗的前後，小說一邊敘述亞倫如何與蕭莎失散，然後輾轉展開了幾段戀情，同時又通過故事的小人物，來放射出當時複雜的政局與歷史。由於辛格非常善於將複雜的歷史文化，以舉重若輕的方式，煉進故事情節；通過他的生花妙筆，讀者得以在追索亞倫的故事之餘，同時認識到猶太教的有趣內容，以及二戰時期錯綜複雜的地緣政治，對於不熟悉有關時代和文化的讀者，閱讀《蕭莎》之後，一定會眼界大開。

辛格筆下的許多角色，往往都包含了作者許多的真切記憶和經歷，例如《蕭莎》裡面的亞倫，就帶有辛格的不少影子。二次大戰期間，辛格為了逃避納粹德軍的屠殺，經歷九死一生，才僥倖逃到美國，投靠他同樣以寫作為業的兄長約書亞（Israel Joshua Singer）。出於居留的需要，辛格後來入籍美國。大概是由於入籍美國，以及辛格在創作的過程中，往往有譯者同步譯成英語，因此不少讀者都誤以為，辛格以英文寫作。但事實上，辛格的作品自始至終，都是用他的母語——意第緒語創作的。

辛格對於自己的猶太人身份、所屬的意第緒文化，以及母語意第緒語，一直都抱持一份高度歸屬感、危機感和使命感；而這三樣東西，在辛格所身處的時代，乃至今日，都在迅速消逝。在納粹德軍的滅絕計劃底下，約有六百萬猶太人喪生，而辛格正正就是其中的見證人。雖然辛格亦有幸得見一九四八年以色列重新立國，但回顧猶太人數千年以來的歷史，誰知道這個國族又會在甚麼時候再度遭受突如其來的厄運？而儘管以色列重新立國，但國家選定的官方語言卻是希伯來語，昔日曾經是最多猶太人母語的意第緒語，則成為了一種遭到逐步遺忘的語言，被緩緩埋入歷史之中。雖然有部分猶太人（主要在美國）嘗試重新振興意第緒語，但新一代的意第緒語人口，跟那些曾經活在東歐平原上的阿什肯納茲猶太人，畢竟不是同一回事，他們並沒有見過辛格所見過的風景，而過去一度熱鬧非常的猶太人社區，俱已成為歷史記憶，一去不復返。

——不死是否一件好事？

——如果所有認識你的人都死了，僅存你一個人獨活於世，是不是一件快樂的事？

教授辛格的作品時，我總這樣問學生。

辛格不少作品，都流露著一份強烈的鄉愁和倖存者的寂寞。當世界像一列高速的列車急速奔馳，時間流逝、轉變，辛格就像一個被遺棄在月台上的旅客，寂寞地守著自己的故事。對抗「消逝」的辦法，或許就只有書寫罷了，然而辛格對自己作品的命運也不太樂觀。這位跟卡夫卡（Franz Kafka）同時代，彼此甚至有共同朋友的作家，認為自己的作品日後恐怕也難逃遭到遺忘的厄運。因為當辛格尚在世時，他已意識到，現代文學的潮流，將會朝著卡夫卡、喬哀思（James Joyce）等現代主義作家的風格和美學觀發展，而辛格自己的文學觀，將會遭到淘汰。辛格十分推崇十九世紀的俄國文學，他認為文學必須有趣味、必須要懂得說故事，而且多少要具體有一些深刻的訊息，但這卻是二十世紀不少西方文學運動所嘗試迴避的。

然而，讀者多寡、作品流行與否，跟文學作品的價值，事實上並無直接關係。何況，就像辛格通過小說告訴我們，在時間的長河裡面，人和人的作為都實在渺小，誰又會知道文學日後的發展，會朝著哪個方向走呢？所以，討論作品的價值時，我們應該實事求是，回到作品本身。辛格的小說深入地刻畫了東歐猶太人的生活，詳盡地記錄了他們的社區，又饒富趣味地向讀者介紹了他們的信仰和文化，並以倖存者的視角，見證了他們的生存處境。單以上述內容論，辛格已完全可說是無可取替的作家，如果再考慮到辛格高超而迷人的說故事技藝，以及他在長篇小說、短篇小說、兒童文學、自傳和散文等領域的耕耘與成就，辛格的文學地位，就更加毋庸置疑。

除了上述種種，辛格的作品實際還有一點尤其值得注意的，那就是無論他敘述的是甚麼故事，這些故事所要傳遞的情感卻都是普世的。這些情感包括〈山羊茲拉提〉所描繪的人與動物的依存關係；或者〈皮包〉和〈康尼島的一日〉的主人公，在一系列幸與不幸事情中，意識到冥冥中似乎有造物主在主宰和擺佈；或是〈有錢人不死的地方〉和〈傻子金寶〉裡那些小人物所表現的良善和貪婪、狡詐和愚拙；乃至《撒旦在戈雷》和《蕭莎》所展現的消失和鄉愁意識……凡此種種，都是不諳猶太文化的讀者，所依然能夠理解和體會的情懷，而正因辛格的作品具備上述特點，所以一九七八年諾貝爾獎委員會才決定，將這項文學界的最高殊榮授予辛格。

註

1 概括文字，來自以撒·辛格著：《有錢人不死的地方》（台北：遊目族文化事業股份有限公司，二〇〇〇年），頁二五七至二六二。

14

來自東歐猶太社區下層的聲音——以色列·拉邦的《街道》

「自明天起，我們都會落到地底裡去。
而土地將會被掩埋，
我們也會隨著它一起，埋在雪裡。」
——以色列·拉邦《街道》

ISRAEL RABON

1900-1941

「從卡托維茲（Katowice）到羅茲（Łódź）遠嗎？」

邀請我和同事到卡托維茲的西里西亞大學（Uniwersytet Śląski w Katowicach）交流的菲臘（Dr. Filip Mazurkiewicz）聽到我的提問後，非常好奇。

「你怎麼會知道羅茲這個地方？」

其實，我只是碰巧想起。

從克拉科夫（Kraków）入境波蘭後，一些地方的名字就開始莫名其妙地浮現在我的腦海，首都華沙自不待言，然後是盧布林（Lublin）、拉多姆（Radom），還有格但斯克（Gdańsk）……

一直覺得，自己對地中海文化和國家的興趣，遠勝於北歐和東歐，因此對於自己忽然想起這些地方，實在感到有點不可思議。後來細心一想為甚麼自己會對這些地方有印象，一些文學作品的名字就開始躍現腦海——格但斯克，是來自德國作家格拉斯（Günter Grass）的《但澤三部曲》（*Danzig Trilogy*）；盧布林則來自辛格的《盧布林的魔術師》（*The Magician of Lublin*）；至於拉多姆和羅茲，應該就是來自另一位我所喜歡的意第緒語作家拉邦（Israel Rabon）[1]。

知道拉邦的人相信並不多，而如果我當初並不是碰巧走進了瑪特虹老師（Mme. Carole Ksiazenicer-Matheron）的教室，恐怕也不會跟這個文學體系結緣，更不可能知道辛格和他哥哥約書亞，還有拉邦和其他意第緒語作家的名字了……

拉邦跟辛格兄弟一樣，都是很值得向讀者推介的意第緒語作家，不過從作家背景和作品特點而言，拉邦就跟辛格兄弟有著頗大的差異；而這些差異，也可見證到，意第緒語文學的多樣性。

較多人認識的辛格，是一位很會講故事的作家，他往往能以童話、寓言式的語調和結構，來敘述一些饒富意味的故事。辛格作品中的世界觀，跟他的成長背景息息相關。他屬於最後一代生於「意第緒土地」的猶太作家，見證過猶太文化在東歐土地復興的短暫輝煌。在東歐猶太人的想像裡，這片橫亙在德國、波蘭、羅馬尼亞、俄羅斯，廣佈猶太人的土地，可說是上帝賜予他們的應許之地。然而這片美好的應許之地卻因重大的政治和種族歧視威脅而開始崩解，因此辛格才要逃離該地，前往美國。雖然迫不得已要離開這片美好的土地，但辛格對這片應許之地仍然充滿無限眷戀。

至於跟辛格活在同一時代的拉邦，他對這片土地的記憶，卻跟辛格大相逕庭。拉邦於一九〇〇年在波蘭中部偏南，靠近拉多姆的戈瓦爾丘夫（Gowarczów）出生，然後在羅茲郊外的一個工業區——巴魯（Balut）成長。巴魯是一個下層猶太人聚居的社區，到處都能看到低下階層猶太人的不幸。

拉邦的家庭背景可謂跟辛格的南轅北轍。辛格在波蘭的首府華沙成長，父親是一位拉比，自小就受到濃厚的猶太傳統文化薰陶，屬於相對精英的猶太階級。至於拉邦的背景卻完全不同，他自幼在一個單親家庭成長，由母親帶大，哥哥由於犯事和逃避警察的追捕而逃到德國去。拉邦的母親行乞度日，所以拉邦年幼時經常要捱餓。讀拉邦的作品，不難發現他是一位反社會的作家，他孜孜不倦地希望在猶太人的社區（Shtetl）找到一個安身立命之所，他從很年輕的時候開始，便放棄了到其他族群社區生活的想法，這亦是他的小說《巴魯》會展現出一種與常規社會格格不入的原因。

小說裡的大半個社區，都是由孤兒、妓女、濫用暴力的警察，以及一群為了生計而不得不拋棄家庭的父母組成，小說赤裸裸地呈現了下層猶太人的現實處境，整個社區充斥著糜爛、骯髒與卑劣的生活，而類似的描寫，在拉邦的另一本小說《街道》（*The Street*）裡也同樣能夠找到。不過，也是在這個龍蛇混雜的城市，拉邦展開了他的文學生涯。

拉邦對下層猶太人的描寫，跟其他意第緒語作家筆下不時呈現的東歐猶太文化復興運動形成了強烈的對比，看過拉邦的小說，就會覺得所謂的東歐猶太文化復興運動，彷彿是一種掩飾殘酷現實的假象。為了擺脫這樣的社區和生活，拉邦曾經加入波蘭軍隊並開始以寫作為生，撰寫文學評論和連載小說。

二次大戰期間，拉邦逃到了立陶宛的首都維爾紐斯（Vilnius），並幾乎放棄了寫作，他在當時所寫的僅僅幾篇文章裡，描繪了他在羅茲所看到的死傷者，整個狀況儼如一幅末日圖，因此他才不得不出逃。遺憾的是，儘管拉邦已經竭力躲藏，納粹軍最終還是在一九四二年闖進了他的住所，並將這位少數能夠深刻描繪東歐下層猶太人生活的意第緒語作家送進了位於波蘭北部龐那利（Ponary）的集中營。

拉邦生前只於一九二八年在華沙出版過意第緒語版《街道》，其後拉邦的名字和他的作品就隨著作者的離世而漸漸遭到遺忘，截至大半個世紀之後，耶路撒冷希伯來大學於一九八六年再次出版這本小說，拉邦的名字以及他的小說，才再次慢慢被人認識，並逐步被翻譯成英、法和波蘭文等。

小說《街道》於一九二八年在華沙出版，是拉邦現時僅存被翻譯成多國語言的作品。故事以第一人稱書寫，講述一個波蘭士兵，經過四年分別和普魯士及俄羅斯軍隊交戰後，於一九二〇年退役歸國的遭遇。

故事的主人公披掛著一件襤褸的軍裝大衣，制服上的污垢彷彿已變成了主角的甲殼。他惶恐地在羅茲，這個陰慘且充滿泥濘的城市裡漫無目的地蹓躂，不住地被乾風侵刮。城市到處都充斥著「無產階級」和「被剝削者」的不幸，還有「瘦削嶙峋猶如用泥土捏塑成的臉孔的陰影」。

城市是蒼涼的，「在曲折的街巷裡，彷如傀儡戲佈景的房屋面對面豎立，共同仰望著一片憤怨的天空」。觸目所及，只有冷清的車站、被霉菌侵蝕的地窖、充斥著瘸子和孱弱小孩的露宿者收容所，還有馬戲團。每夜，懷有自殺傾向的詩人都在無人的帳篷裡，向正被夜幕籠罩的世界呼喊自己的苦痛。城市的景貌就如一張髒亂不堪的地形圖，緩慢地刻畫進主角的肉體及精神之中。

場景以及主角的視界不住地在嚴重的病態聯想中交替，並且互相鑲嵌。人的尊嚴彷彿被流放到世界邊緣最深邃的陰暗，被風乾、隱藏，並鐘擺般飄搖在夢境和真實邊境的瘋狂故事之中。如故事起始，和主角一起住在地窖，自我宣稱為「波蘭國王」並患有歇斯底里症的鞋匠，與地窖裡戴著「兩角紙帽」的小孩重新演繹戰爭，並企圖將一個七歲的波蘭德國混血孩童吊死；又如故事中的加利西亞（Galicien）男子，為了逃避家裡酗酒的悍婦而出走，後來遇上一個冒充江湖醫師且自稱是「受過割禮的真誠猶太人，作為主耶穌基督後代」的日本騙徒，不但上了他的當，還被他虐待並強制踏上漫長的旅途，一直從波蘭去到北京；另外還有主角記憶中的胖麵包店主，他在主角的模糊意識裡，將偷麵包的主角幻化成剛出爐的麵包，撒上茴香子，並把他擱在窗邊的桌上，於是主角就透過窗櫺，飄到他其他回憶的街道，以及他想像的街道。

現實、想像和回憶不絕地在小說裡交替。藉著主角患病發燒而來的燥熱，還有發汗的黏糊所交織出的朦朧氛圍，時間和空間的界線被劃破了，不相干的回憶碎片逐一被勾起，微妙地由一些情感串聯起來。主角敲在石砌馬路上的每一下沉重而無力的腳步，都擊出了一段童年或是戰爭的回憶。例如，在白俄羅斯的前線，步兵們為寒冬和飢餓而焦躁得發慌，於是用步槍上的刺刀一刀將一隻馬的肚子剖開、掏空並躺到裡面睡覺，好使自己的血液不會在霜雪裡被凍結，變成一瓶草原上的「波爾多紅酒」。

《街道》算是一篇中篇小說，法譯本僅二百四十五頁，而英譯本亦只有約二百頁左右。全書共三十一章，短的單元如最終章僅有七行。如果主角的流浪是一次漫長的火車旅行，那麼每一個可以獨立成篇的章節則是這旅程中一個個的車站，它們獨立，卻同時又由一條透明的車軌巧妙地貫穿。這車軌實際是主角的不幸，例如飢餓、寒冷、貧窮、孤獨以及患病。這車軌，也是作者的末日意識。

拉邦告訴我們，現實可怕的地方是有時它殘酷得像噩夢一樣；而噩夢可怕的地方是它真實得像現實。就如第二章發生在地窖裡，老鞋匠帶著孩童們欺負其中一個小孩的情景，到底是主角半夢半醒時的空想？還是殘酷得叫人無法直面的現實？拉邦並沒有明確交待，也沒有必要交待。因為這兩者之間的界線，對拉邦來說，連一張紙的厚度也不如。

《街道》的最後一章講述敘事者和他的朋友將到煤礦裡去工作，而小說的結尾這樣寫道：「自明天起，我們都會落到地底裡去。而土地將會被掩埋，我們也會隨著它一起，埋在雪裡。」小說的結尾彷彿預言了拉邦的悄然消逝，但雪終究有消融的一天，像拉邦這樣別開生面，深刻地記錄並揭示東歐下層猶太人生活的作者，最終還是會逐步為人所認識的。

註

1—拉邦的名字，也有Yisroel Rabon、Isroel Rabon等拼法。

15

以藝術介入社會——馬爾羅的《希望》

「人文主義並不會說：『我所做的，並沒有野獸會這樣做』；而是說：『我們拒絕了我們身上那頭野獸所想要的』。」

——馬爾羅《沉默之聲》

ANDRÉ MALRAUX

1901-1976

念完了一段引文，格翰（Guérin）老師抬起頭，托一托掉到鼻尖上的眼鏡問：「對了，西方文學所敘述的最早一場戰爭，是哪一場呢？」一時間，教室裡沒有人敢作聲。

格翰老師把問題再重複了一遍，教室裡，仍是鴉雀無聲。

於是，我戰戰競競地低聲說：「是……特洛伊戰爭吧？」

格翰老師將手往桌上的書本上一拍說，你們這幫法國學生怎麼搞的，這麼基本的文學史問題也答不上，竟要一位中國同學幫忙回答。

老師這話，雖說是一句嘉許語，但我心裡其實暗自冒汗。法國同學沒有回答，恐怕不是不懂，而是他們的文學史資料參照比較豐富，一時拿捏不住老師會問一道如此簡單的問題，所以才會舉棋不定；而我，我所知道的西方戰爭不足十場，其中最遠古的，就是特洛伊戰爭，僥倖言中，純粹因為所知有限……當初選修這門名為「小說與戰爭」的課，其實正是有感於自己對西方史了解的匱乏，而多虧這門課，我後來才得以與馬爾羅（André Malraux）的作品結緣。

首次接觸馬爾羅的名字，其實並非通過課堂或者書本，而是藉著居所附近的一家以馬爾羅的名字冠名的公共圖書館。那時我住在巴黎第七區靠近 Sèvres-Babylone 的一段 Rue de Grenelle，離家最近的圖書館，就是沿著 Boulevard Raspail 一路走去，坐落在 Renne 地鐵站旁邊的馬爾羅圖書館。選修「小說與戰爭」課之前，我在那圖書館入口一幅巨大的馬爾羅現代肖像作品底下進出了兩年，只隱約知道馬爾羅是一位政治家，後來在課上開始正式認識了他的生平，研讀了他的《希望》（*L'Espoir*），才知道馬爾羅除了是法國近代的重要政治家，還是一位舉足輕重的作家。

馬爾羅一九〇一年生於巴黎，是一位充滿個性，不喜隨波逐流，甚至略帶反叛的作家。他的學問，大都並非自學校習得，而是在劇院、音樂廳以及展覽館逐步吸收回來。由於馬爾羅很早便決定獻身文藝，他甚至沒有完成高考就離開學校，直接去開拓自己的文藝道路。告別校園後，馬爾羅以自由工作者的身份涉足巴黎的文藝圈，他一邊不定期到羅浮宮學校和專門收藏遠東藝術的吉美國立亞洲藝術博物館（Musée Guimet）聽課，一邊從事珍藏書籍的買賣，並認識了巴黎當時許多炙手可熱的前衛藝術家。

一九二三年，馬爾羅與妻子到柬埔寨去，目的是盜取當地寺廟的塑像並轉賣給歐美收藏家，然而這些非法勾當卻讓他在同年十二月於當地遭到逮捕，並被判處三年監禁。後來幸好妻子卡拉（Clara Goldschmidt）返回法國請文藝圈的朋友聯署請願，馬爾羅才得以在一九二四年十一月返回法國。

告別了這段不甚光彩的經歷，馬爾羅於一九二五年再回到印度支那，而這次的目的卻是為了反對殖民主義。為了對抗當地的法國殖民政治，馬爾羅先後出版了《印度支那》（*L'Indochine*）以及《被綁的印度支那》（*L'Indochine enchaînée*）兩份反殖報章（當時他還特意來到香港搜購印刷字粒，以便返回越南西貢印刷）。這段經歷，可說是馬爾羅以文藝介入社會和政治的重要里程碑。

一九三三年，馬爾羅開始投身到對抗法西斯主義的運動行列。一九三六年西班牙爆發內戰，馬爾羅便組織了一個飛行小隊，去跟佛朗哥（le général Francisco Franco）的法西斯政權對抗，而這段經歷，就是小說《希望》的靈感泉源。

《希望》除了講述西班牙內戰，還摻入了大量馬爾羅對各個政治陣營的評價，包括不抵抗和平主義、抵抗和平主義、無政府主義、社會主義、共產主義、自由主義、共和主義、納粹主義和資本主義等等，整部小說，可說是一部二十世紀上半葉歐洲政治陣營的文藝小冊子。在《希望》裡面，馬爾羅已分析到，二次大戰最終結束的一些關鍵條件，也預言到二戰之後的冷戰格局，凡此種種，都充分展現了他敏銳的政治觸覺。而在他於一九三三年出版，以中國近代「四．一二事件」為背景的小說《人的命運》（*La Condition humaine*）裡，他亦同樣通過成熟的小說筆法，來表述他對國際政治的一些洞見。

二戰期間，馬爾羅一度於一九四〇年被俘，幸而他後來得以逃脫，到法國南部尚未被德軍佔據的自由區域避難，並加入法國的抵抗組織，化名為「伯傑上校」（Colonel Berger）繼續與納粹德軍對抗。一九四四年七月，馬爾羅再度被德軍逮住，並差點遭到處決，幸而隨著德軍逐步敗退，被輾轉解押至法國南部圖盧茲的馬爾羅，於一個月後，終於得以重拾自由。

一九四五年，二戰結束，馬爾羅獲戴高樂（Charles de Gaulle）將軍委任為信息部長（Ministère de l'Information）一直到一九五三年戴高樂的政黨在選舉中落敗。一九五八年，馬爾羅再次獲重新掌權的戴高樂任命為信息部長，只是沒多久，法軍在阿爾及利亞戰爭中行使酷刑的醜聞讓戴高樂陷入了尷尬的處境，結果馬爾羅在一九五九年被調任法國文化部長（Ministre d'État chargé des Affaires culturelles）。馬爾羅任職文化部長的十年間，其中一項重要建樹，就是在法國各地建立了文化會館（Maison de la culture），大大推動了法國各地區的文藝發展，也讓文藝無論在中央或者地方地區，都得到多元、平衡和健康的發展，尤其是避免文藝發展過度集中於巴黎。

馬爾羅在文藝與政治兩個領域，都介入了不少工作。跟他在政治方面的表現相比，他的文藝創作，可說存在較少的爭議，並普遍獲得高度肯定。

馬爾羅小說創作的活躍期，大約在一九三〇至一九四〇年之間[1]，在這段時期，不少作家都喜歡以歷史和社會運動的框架，去描繪這時代的人物群像；他們的故事，往往設定在這時期的二十到三十年之前，然後以歷史學家的觀點，去刻畫不同階級和特定群眾。除此之外，這時期的作家，往往還會在他們的作品裡，表現他們的左翼或右翼政治觀念和文藝取向。一部分右翼作家通過作品，去宣傳他們的王權思想，其中部分甚至更逐步走向法西斯主義。這些作家夢想建立一個人民充分效忠元首的政治體制，在這體制內擁有一隊強大而且組織嚴密、紀律嚴明的軍隊及警備，國民高度結連；至於左翼作家則相反，他們希望通過文藝創作來揭示社會的不公不義，以及階級間的不平等，在他們的作品裡，往往能看到一些充滿熱情和勇氣的革命者，憑藉他們開明的知識、觀念，以及他們的努力，去改變世界。

正是在這種時代潮流下，馬爾羅的小說就顯得別樹一幟。馬爾羅的小說人物多元豐富，而故事情節方面，也具有非常豐富的層次。在敘述一些戰爭或者革命的問題時，馬爾羅非常善於通過不同理念的人物，來討論問題和展示問題的複雜性，這些人物會從戰略、心理、道德、哲學、宗教信仰等立場出發，去展開他們的觀點。馬爾羅不時安排各種情景，為人物提供辯論的空間，這一方面得以推進劇情，同時也能夠將人物置於特定的處境，通過他們的發言和行動取向，來突出人物的個性。馬爾羅將他敏銳的政治和社會觸覺、豐富的旅行閱歷，以及政治戰爭經驗注入到他的人物之中，因此讀者在閱讀馬爾羅的作品後，就能夠相對深入地把握二十世紀初，歐洲這個風起雲湧的時期，各種地緣政治的關係，還有各種政治、社會學理念，如何影響到整整幾代人的生命，和國與國之間的歷史走向。

研讀《希望》時感觸尤深的，是馬爾羅對整個時代的預言式觀察。小說的尾聲，雖然敘述了共和軍在瓜達拉哈拉（Guadalajara）戰役的勝利，但小說各部分的敘述，其實已暗示了這場西班牙內戰的結局：佛朗哥政權將憑藉他們的精良武器——特別是機槍，還有階級嚴明、講求紀律卻非人性化的組織而取得勝利；而共和軍儘管擁有美好的意願，且更符合人文精神，卻最終因其組織渙散、強調個人、意見不一而敗北。隨著這場內戰的失敗，法西斯政權——特別是納粹德國將會席捲歐洲和整個世界，情況可謂令人憂慮。儘管如此，馬爾羅在小說裡指出，如果抵抗陣營具備兩個條件，就有機會擊敗納粹和法西斯政權，一個是更尖端的科技；另外一個，就是比他們更強調組織的政體。馬爾羅的觀察，在《希望》面世後的七、八年左右，分別由美國的原子彈，以及蘇聯的反撲而得到印證。只是隨之而來的，是一個被兩種意識形態所劃開的世界，而這也是馬爾羅在他的《人的命運》和《希望》等作品裡曾經預兆過的……

基於馬爾羅在文化和政治兩方面對法國的貢獻，法國政府於一九九六年，將他的骨灰移入專門供奉法國重要人物的偉人祠，與伏爾泰、盧梭、雨果、左拉，以及大仲馬等文化巨人，一起長眠於巴黎中心。

註

1 —馬爾羅的一些代表小說，如《征服者》（*Les Conquérants*）於一九二八年出版；《王家大道》（*La Voie royale*）於一九三〇年；《人的命運》於一九三三年；《希望》於一九三七年出版。

16

探索小說的種種蹊徑——從杜拉斯的《廣場》出發

「將自己置身於一個洞，在洞的底部，幾乎完全孤獨，並發現只有寫作才能拯救你。」

——杜拉斯《寫作》

MARGUERITE DURAS

1914-1996

播放影片之前，我告訴學生，這不是一部慣常的商業情節電影，片中沒有波譎雲詭的複雜故事，沒有張力緊湊的場景變換，沒有激烈的打鬥或者生離死別，只有一對在巴黎重逢的男女，以及綿延不斷的對話。而我們要做的，是分析他們談了哪些話題、怎樣談；還有更重要的就是，這些對話如何在二人談話的過程裡，加強二人的情感結連，又或者在二人之間營造出間隔。

電影的名字叫《日落巴黎》（*Before Sunset*），是美國導演李察・林尼特（Richard Linklater）「愛在三部曲」（"The Before Trilogy"）的第二部[1]，電影主要以男女主角的交談構成。故事講述九年前，曾在維也納偶遇並墮入愛河的男女主角，經過九年失聯之後在巴黎重遇，於是他們趕在男主角離開巴黎之前，在巴黎的街區裡一邊閒逛，一邊交談。談話的內容包括二人在過去九年間的一些生活變化；九年前二人尚未來得及互相了解的過去；二人的人生觀、文化觀和世界觀。這些談話既有嚴肅的交流，也有感性的分享、調侃嬉笑和調情；兩個角色會直接表達他們的所思所想和直觀的感受，但有更多時候，二人會通過間接的暗示、象徵，以弦外之音來刺探對方的心思。

不少看慣商業情節電影的觀眾會對「愛在三部曲」電影感到納悶，抱怨電影情節沒甚麼起伏變化、欠缺重心、喋喋不休、內容瑣碎；但對於比較能消化非商業電影的觀眾而言，則會被片中連綿不斷的對話，以及男女主角若即若離的關係所吸引。嘗試過創作的人就會明白，要在場景甚少變換的情況下，寫一串一個多小時的對話，而內容還須呈現出角色的心理起伏和親疏關係，著實不容易；「愛在三部曲」系列難得之處，恰恰就對如何書寫「對話」作了相當深入的探索。論到這方面的探索，熟悉電影史或者關注經典電影的讀者，更可能會藉之聯想起一套法國新浪潮（La Nouvelle Vague）電影——《廣島之戀》（*Hiroshima mon amour*）。

放映於一九五九年的《廣島之戀》也是一部由一對男女在城市穿行、以大量對話交織而成的電影。電影講述一位法國女演員「她」跟一位日本建築師「他」在廣島邂逅的故事。影片的敘事時間劃定在一天之內，因此電影的日語名稱為《二十四時間の情事》，不過影片中還有不少內容觸及二人的記憶，因此實際所涉及的心理時間遠多於一天。這種獨特的敘事手法，還有電影豐富的象徵意涵[2]，以及男女角色對話的方式，讓《廣島之戀》成為了法國新浪潮的其中一部代表作。

《廣島之戀》的表現手法，並非空穴來風，如果我們熟悉電影編劇杜拉斯（Marguerite

Duras）[3]的創作，就可以發現，在《廣島之戀》上映前的一九五五年，杜拉斯曾經出版過一本名為《廣場》（*Le Square*）的小說。這本小說今日在華文世界，遠沒有杜拉斯其他作品——特別是《情人》（*L'Amant*）、《來自中國北方的情人》（*L'Amant de la Chine du Nord*）或者《抵擋太平洋的堤壩》（*Un barrage contre le Pacifique*）等作品受到注意，卻是一部能夠讓讀者了解杜拉斯在早期創作階段，對小說作了怎樣的探索和反思的作品。

在《廣場》裡面，杜拉斯嘗試將小說常見的戲劇性元素都剔除，藉此探索小說可以被約化到怎樣的程度，以及小說有哪些最根本、最不可或缺的元素。一般常見的小說，往往都講求精心鋪排的情節結構、鮮明且最好富有傳奇色彩的人物形象、清晰而且深刻的主題和訊息；至於人物間的對話，往往也具有指向性，以推進故事情節，又或者闡明故事的主題。杜拉斯在《廣場》裡希望實驗的，就是將這些元素都剔除或削減後，這作品是否仍能稱得上是一部小說。如果是，它的可讀性又是甚麼？

文章起首提及的「愛在三部曲」，其實就是通過剔除或削減一般商業情節電影常見的戲劇性元素，來探討拍攝電影的其他可能性；至於杜拉斯在《廣場》所作的探索就更純粹，她對小說戲劇性元素所作的剔除和削減，可謂更極致。

「愛在三部曲」系列的主角是一對一見鍾情的年輕男女，在此基礎上，他們的對話具有明確的功能——例如試探對方的心意和調情；而從第二部的《日落巴黎》開始，二人更有許多的往事可談，這些元素往往都讓角色的形象，以及他們的對話有了厚實的戲劇性基礎。至於杜拉斯在《廣場》裡，卻把這些元素都儘量削走。《廣場》主要由一個年輕女保姆，以及一個四海為家的中年商販的對話構成，為了更清楚地呈現不同對話元素和談話方式在小說裡的運作情況，杜拉斯特意削弱兩個角色的獨特性。為了達到這目的，杜拉斯特意在小說裡儘可能限制二人的外形描述、背景，以及內心描寫，好讓兩位人物顯得模糊和扁平，讓他們變成跟一般大眾無異的普通人。至於故事發生的地點，則安排在最沒有故事性的街心小廣場上；而二人相遇的契機，並沒有任何特別的原因，純粹只是巧合——年輕女保姆帶著看管的小孩來嬉戲，至於中年商販純粹只是來找個地方歇腳。換言之，這兩個陌路人的對話，也必須由最沒有戲劇性的日常對話開展。開展小說的起點，可謂純粹得猶如一杯涼水。

儘管如此，杜拉斯還是憑著她的天才語感，還有對人物感情的纖細把握，將兩個毫不相干的角色逐步拉近，並通過他們的對話，道出了每個人都須面對的寂寞、猶豫和憂鬱。小說的尾段，兩個角色都開始思索，或許可以進一步發展這段巧遇的關係，但二人卻又同時對於把握不定的未來有所猶豫……

《廣場》的敘事結構跟《廣島之戀》十分相似，小說的敘事時間，僅限於二人在廣場的匆匆相聚，但小說同時通過二人的對話，延展了較長的心理時間。不過跟《廣島之戀》的情侶不同，《廣場》的主人公並沒有富有傳奇色彩的過去，小說亦沒有觸及任何重要的歷史事件或者大敘事，因此兩部作品的主人公，雖然都不帶名字，僅以第三人稱的「他」和「她」，又或者以職業這些比較模糊的指稱方式來描述，但《廣島之戀》的兩個角色，則明顯要較《廣場》的兩位更加鮮明。

那麼，人物形象模糊的作品，是否就等於稍遜一籌？如果能夠挪開我們慣常用於量度情節小說的準則，我們將會發現《廣場》的其中一個動人之處，正正在於故事人物強烈的普遍性，而他們逐步向讀者剖白的寂寞、困惑、憂傷，以及冀望生命能夠出現一點轉變的卑微盼望，其實也是每一個生存在世的人的處境和心聲。

為甚麼杜拉斯會以小說作這樣的實驗和探索呢？

杜拉斯在二次大戰後步入法國文壇，當時不少小說家都認為，小說的寫作方式在一個多世紀以來，一直都沒能突破巴爾札克式的窠臼，所以當時的小說家就競相對小說作各式各樣的探索，其中又以「新小說」（Le Nouveau Roman）的一批作家所作的探索最具實驗性。雖然杜拉斯的作品因其獨特的風格，而不完全被視為「新小說」作家，但不容忽視的是，杜拉斯的創作生涯，正是在這樣的語境下展開；而她跟「新小說」作家的關係，亦非常密切，因此她的不少作品，都跟「新小說」的作品，有一定的共通點。

杜拉斯在一九五〇年出版首部小說《抵擋太平洋的堤壩》，這部小說跟她其他一些早期小說一樣，均擁有線性的情節和時間順序、別具張力的結尾，以及平穩理性的敘述和對話。這些小說特徵，跟「新小說」在作品刻意佈置跳躍、錯亂且碎片化的時間和場景、非理性或者詩意的對話、刻意淡化人物的心理描寫，以及儘可能將人物刻畫成形象不太鮮明的扁平人物等主張，可謂背道而馳。

不過杜拉斯作品的風格，在一九五〇年代中後期有所轉變。在《廣場》和《琴聲如訴》（*Moderato cantabile*）兩部作品裡面，讀者可以看到鮮明的「新小說」主張。這種風格變化，一方面可能源自上述的文藝潮流；但另一方面，則可能跟杜拉斯參與其他藝術工作——特別是舞台劇劇本和電影的創作有關。杜拉斯在小說裡對於語言的探索，後來亦明顯地應用到在她於一九六五年為《廣場》改編的舞台劇劇本、《音樂》（*La Musica*）、《印度之歌》（*India Song*）之上。

在大致了解杜拉斯創作背景、創作理念和常用的寫作技巧後，當我們翻開（或者再次翻開）這位作家在華文世界最享負盛名的作品——《情人》的時候，我們或許會有另一番體會。

《情人》的開首這樣寫道：「我已經老了，有一天，在一處公共場所的大廳裡，有一個男人向我走來。他主動介紹自己，他對我說：『我認識你，永遠記得你。那時候，你還很年輕，人人都說你美，現在，我是特為來告訴你，對我來說，我覺得現在你比年輕的時候更美，那時你是年輕女人，與你那時的面貌相比，我更愛你現在備受摧殘的面容。』」[4]

單讀這段，讀者會以為，故事的敘事時間是在敘事者年老的時候，而地點就在所謂的「公共場所的大廳」，但接下去，作者卻這樣寫道：「這個形象，我是時常想到的，這個形象，只有我一個人能看到，這個形象，我卻從來不曾說起。……

> 太晚了，太晚了，在我這一生中，這未免來得太早，也過於匆匆。才十八歲，就已

經是太遲了。」[5]

於是讀者才明白，所謂的大廳，是一個想像的心理空間，而男人亦是一位想像人物。故事要講的，並非敘事者老邁時的故事，而是十八歲時的故事。杜拉斯刻意安排這些敘事錯覺，讓讀者在接收整個故事的脈絡時得到驚喜，而這種顛覆常規的筆法，正是杜拉斯小說的其中一個迷人的地方。

《情人》記述了杜拉斯青少年時代的殖民地生活，是一本自傳色彩極強的作品，這部小說為她贏得了龔古爾獎和麗茲─巴黎─海明威獎（Prix Ritz-Paris-Hemingway）。

直到一九九六年八十二歲去世之時，杜拉斯依然不斷寫作和出版；而她的作品，即使在她身後，仍不斷影響和啟發不同媒介的創作者。

註

1 三部電影分別是一九九五年上映的 *Before Sunrise*（香港譯名《情留半天》）；二〇〇四年上映的 *Before Sunset*（香港譯名《日落巴黎》）；以及二〇一三年上映的 *Before Midnight*（香港譯名《情約半生》）。

2 影片有不少矛盾的對照元素，讓故事增添了豐厚的思想層次，例如男女個人的情感和肉體歡愉，對照廣島這城市和普遍人類在精神和肉體上的集體創傷；人類個體轉瞬即逝的愛戀，對照人類文明綿長的歷史苦難；西方女性與東方男性的設定，與當時對於兩性與東西文化形象的強勢弱勢對照等等。

3 亦有譯作「莒哈絲」，此譯名的普通話發音實際較為接近法語發音，但其粵語發音卻跟法語發音有極大差異，因此筆者傾向採用「杜拉斯」。

4 〔法〕杜拉斯著，王道乾譯：《情人》（上海：上海譯文出版社，二〇〇五年），頁三。

5 同上，頁三至四。

Écrire

17

有限與無限的世界——保羅．奧斯特的敘事與現實世界[1]

「筆永遠無法以足夠快的速度寫下在記憶空間中發現的每個單詞。」

——保羅．奧斯特《孤獨及其所創造的》

PAUL AUSTER

1947-

「小說乃是人們沿路拿著的鏡子」——聖・雷阿爾[2]

多虧司湯達在《紅與黑》第十三章起首的引用，法國十七世紀歷史學家聖・雷阿爾（Saint-Réal）的這句話，自此就成了西方文壇討論現實與敘事世界關係的金句。現實與敘事世界關係的討論看似摩登，但實際上，它的歷史源遠流長，甚至可以上溯至遠古的敘事作品。

閱讀古代篇章，我們很容易得到一種印象（儘管事實並不盡然），以為古人常將現實世界與敘事世界混為一談，所以古人對各種文類並不刻意區別，歷史故事、文學故事、宗教哲理寓言，對古人而言，似乎都是同一回事，可以共冶一爐，例如古希臘人對他們的神話深信不疑，並為神祇興建神廟，以作祭祀；至於羅馬人，他們則視維吉爾（Virgil）和蒂托・李維（Titus Livius）的作品為歷史紀錄，而非傳說。將現實與敘事世界混為一談，並非古人的專利，所以十九世紀的福樓拜才寫作《包法利夫人》來諷刺那些沉溺於虛偽感傷故事，無法將之與現實世界加以區別的讀者。時至今日，不同藝術領域的受眾仍經常犯上同樣的毛病，冀望在現實生活裡，經歷電視連續劇的遭遇，一如古希臘人認為，自己能隨時在路上，遇到不同的神祇。

保羅．奧斯特（Paul Auster）其中一本代表作《紐約三部曲》（*The New York Trilogy*）的首部曲〈玻璃之城〉（*City of Glass*）有這樣的一段描寫：「昆恩拿起《馬可．波羅遊記》（*Livre des merveilles du monde*），重新讀第一頁：『吾人將如實記述眼所見、耳所聞，爰本書或為忠實紀錄，絕無任何虛構偽造。有關本書者，皆可信為真。』正當昆恩開始思索這幾個句子的意義，在心中反覆思忖作者信誓旦旦的保證時，電話響了。」[3]

昆恩（Quinn）是一位影子作家，他獨居於紐約一間寓所，以「威廉．威爾森」的筆名寫推理小說維生，但「昆恩和大多數人一樣，對於犯罪勾當幾乎一無所知。他沒謀害過任何人，沒偷過東西，也不認識任何犯過類似罪行的人。」[4]換言之，昆恩所寫的，跟自己的現實經驗並無關係，「然而，他並不認為這算得上是障礙。他所寫的故事讓他感興趣之處，不在於它們和這個世界的關係，而在它們和其他故事之間的關係」[5]。

昆恩的想法，與他所讀到的《馬可．波羅遊記》引文，可謂相映成趣。《馬可．波羅遊記》的引文肯定敘事世界與現實世界的關係，指出前者乃後者的反映；而昆恩的寫作經驗卻說明，敘事世界與現實世界並不存在必然關係，更遑論前者乃是後者的反映。然而，〈玻璃之城〉對敘事與現實世界關係的討論，並不止於此；隨著情節發展，奧斯特將

《馬可．波羅遊記》與昆恩的主張互相摻和，讓敘事和現實世界展現出一種似乎相連，但又不一定相干的關係……

承接上文電話響起的情節，昆恩接到一通奇怪的電話，那是一通撥錯號碼的電話，對方要找的是一位偵探，而這位偵探的名字，就是——保羅．奧斯特。

由於小說裡面出現了一位與現實小說作者同名同姓的人物，現實世界與敘事世界就產生了一種奇妙的呼應，例如讀者可以問：小說裡中的保羅．奧斯特是否現實作者的一種投影？從小說角色身上，可以認出哪些是作者在現實世界裡的影子和特徵？讀者又或者可以從文本分析的角度，思考作者將小說裡的奧斯特設定為偵探，是否要闡明偵探與作家的共性，並指出偵探憑藉蛛絲馬跡重組案情的手段，在本質上，其實跟文本分析別無二致？

奧斯特的小說，除了探討敘述世界是否現實世界的投影之外，亦對現實世界的特質提出疑問：如果敘述世界是現實世界的投影，那麼現實世界，是否又會是另一個形而上世界的投影？

在奧斯特的小說裡，這種疑問經常以不同的敘事層次展現出來。

現實世界在奧斯特筆下充滿神秘色彩，這種神秘，並非因為世界有多魔幻，而只在於人類的認知能力充滿限制。奧斯特的角色經常陷於被動的處境，他們對事件的全局欠缺認識，而故事的主線，往往就是他們在蒙昧無知的情況下，摸索前進的經過，例如〈玻璃之城〉的昆恩。

昆恩本來是一位推理小說作家，在紐約過著孤魂般的生活，因著一通神秘電話，而捲進一件偵探案件，他奉命二十四小時監視一個叫史提曼（Stillman）的可疑人物，並將他的一言一行寫成報告。可是，隨著故事發展，昆恩逐漸懷疑自己可能才是類似「真人秀」（True Man Show）裡，被監視的一方。截至小說結尾，昆恩也弄不清，自己到底真的在偵查一件案件，還是遭人愚弄。監視者成為了被監視的一方，這種結構在《紐約三部曲》的其餘兩部曲，以及奧斯特的其他作品，例如《巨獸》（*Leviathan*）等作品裡不斷出現。在大部分奧斯特的故事裡，主人公往往以為自己正通過監視和不斷作筆記來「描寫」他人，但後來卻逐步發現，自己可能才是被「描寫」的客體。

奧斯特筆下的許多角色，都具備作者的特質，彷彿是作者的自我投影。當這些角色意識到自己被一種形而上的意志擺佈，這似乎也在暗示，作為作者的奧斯特在現實世界中擁有相同的感覺：我們是否是另一位在形而上世界裡，某作者所塑造的角色？世界會否是另一個更高級的存在——例如是上帝的一場夢、一段想像或者一段敘述？一如猶太人相信，上帝用語言創造了世界，就像〈創世記〉所說的那樣：「神說：『要有光』，就有了光。」

對於這個問題，奧斯特的小說人物並沒有找到答案，他們只知道，他們似乎不能抗拒某種神秘的意志，不能抗拒自己的命運；而在這意志、命運的驅使下，他們必須堅持去做一件事，那就是寫作。

二流、失敗的作家是奧斯特小說裡非常常見的形象，他們是嚴肅寫作的逃兵。〈玻璃之城〉的昆恩是位影子作家，《紐約三部曲》第三部〈禁鎖的房間〉（*The Locked Room*）裡的敘事者和范修（Fanshawe），也屬於同類的失敗作家；《巨獸》的關鍵角色沙克斯（Sachs）在寫作路上碰壁之後一蹶不振，後來更成為了恐怖分子；至於《巨獸》裡的敘事者彼得．亞隆（Peter Aaron）表面上是一位成功的作家，但他自己心裡明白，自己不過是靠寫書評、小文章才換得一點小名氣，而這些文章，根本談不上嚴肅寫作。奧斯特筆下的作家逃避認真寫作，因為他們在寫作裡看到自己的渺小。他們發現，時間和世界是無限的，而寫作卻是有限的，就像〈玻璃之城〉裡，昆恩最終所省悟的一樣：「昆恩對自己再也沒有任何興趣。他寫著星星、地球，以及他對人類的期望。他覺得他所寫出的文字已經與他切斷關係，變成大千世界的一部分，真實而獨特，像一塊岩石、一座湖或一朵花。

（……中略……）

他回想起這世界無盡的善意，以及他所曾經愛過的人。除了這些事物的美好之外，其他的一切都無關重要了。他想繼續書寫這份美感，但令他痛苦的是，他知道這是不可能的。然而，他還是設法勇敢面對紅色筆記本窮盡之時。」[6]

藉著寫作，奧斯特筆下的角色明白到個人生命之渺小，而這亦是奧斯特的感悟：世界將不斷延續，自己將會消失。這是人類命定的悲劇，人無法改變的事實。然而有趣的是，正因這悲劇是無可避免，寫作才變得必要。

奧斯特在自傳體作品《孤獨及其所創造的》（*The Invention of Solitude*）的第一部分〈一個隱形人的畫像〉（*Portrait of an Invisible Man*）裡，如此追憶到他的父親：「這些文字不但沒有讓我把父親掩埋，反而永久保留了他的生命。我不單看到過去的他，而且還看到今日，乃至將來的他，他每天都在。」[7]

司湯達在《紅與黑》引用聖·雷阿爾的名句，探究敘述與現實世界的關係。左拉的自然主義寫作則告訴我們，再精緻仔細的敘述，亦不可能百分百記錄現實，因為現實世界是無限的，而敘述世界卻是有限而且偏頗的。面對無限的現實世界，寫作，無非是管中窺豹。然而奧斯特告訴我們，寫作的力量雖然有限，但不一定就等於徒勞，因為在一個不斷消逝的世界之中，唯有敘述，方能抗衡消亡，並為敘述者和他所敘述的對象賦予存在的意義。正因如此，事物即使終須歸於無有，但面對此一事實，我們卻並非只能慨嘆或者感到無奈。

註

1｜本文節錄自筆者二〇一四年七月五日第十屆香港文學節講座——「個人閱讀史：記憶的回訪與再現」之論文〈自傳式寫作：彷如他者的自我——以撒・辛格（Isaac Bashevis Singer）和保羅・奧斯特（Paul Auster）的寫作〉。

2｜［法］司湯達著，郭宏安譯：《紅與黑》（江蘇：譯林出版社，一九九四年），頁七〇。

3｜［美］保羅・奧斯特著，李靜宜譯：《紐約三部曲》（台北：天下遠見出版社，二〇一〇年），頁五。

4｜同上，頁七。

5｜同上。

6｜同上，頁一五五至一五六。

7｜筆者譯自 Auster, Paul. *The Invention of Solitude*. London: Faber & Faber, 1989, p. 34.

The Invention of Solitude

Part 2

RAINER MARIA RILKE
FERNANDO PESSO
JORGE LUIS BORG

YASUSHI INOU
TOYOKO YAMASA

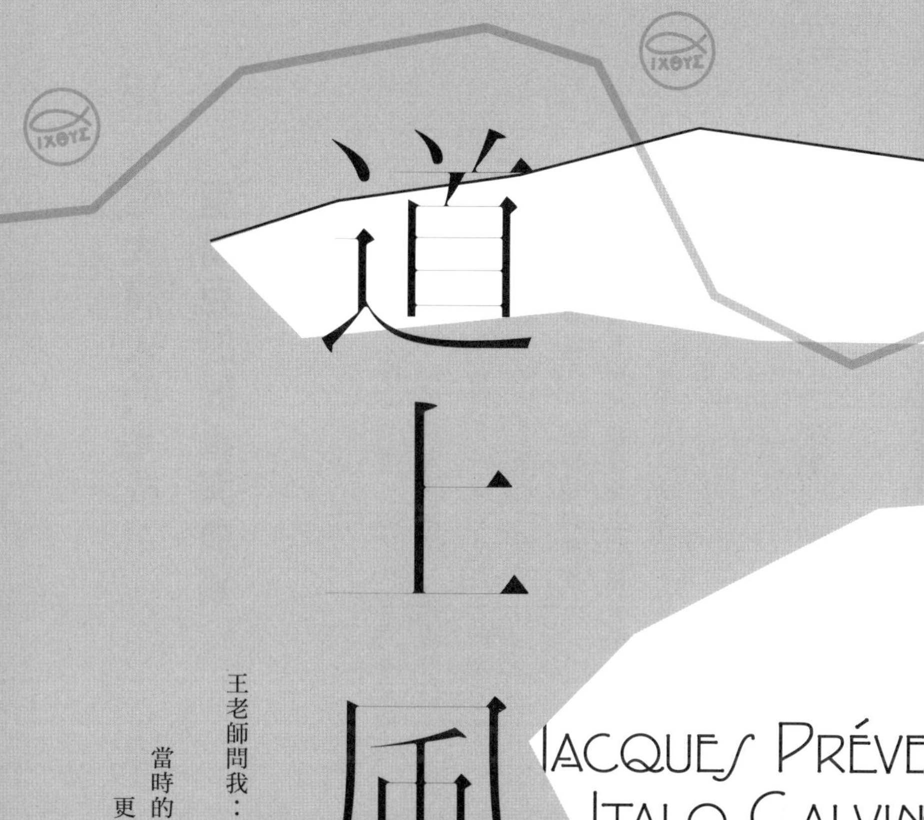

道上風景

JACQUES PRÉVE
ITALO CALVIN

那年，在學院的噴水池旁，
王老師問我：「你是不是有興趣寫作？」
我說：「是的。」
當時的我，其實對寫作一無所知，
更不知道一幀幀的異國風景，
即將通過這段簡短對答，
向我敞開。

18

偉大詩人的完成——里爾克的觀看與孤獨

「我在學習觀看。我不知道是甚麼原因，任何一切都更深地進入我的內部，不停留在它一向到此為止的地方。我有個我不知道的內部。現在，一切都趨向那裡。我不知道那裡發生些甚麼事。」

——里爾克《馬爾特手記》

RAINER MARIA RILKE

1875-1926

如果里爾克（Rainer Maria Rilke）沒有離開布拉格，轉往慕尼黑去研習哲學，再到沃普斯韋德（Worpswede）去造訪那裡的藝術社區，他會不會仍然能夠到巴黎，擔任羅丹的秘書？如果里爾克沒有到意大利和俄羅斯旅行，他會否仍然寫出《定時祈禱文》（*Das Stundenbuch*）的詩篇？如果以上的種種經歷，還有其他奇妙的際遇，都沒有臨到里爾克的生命，他是否仍能成為一位偉大的詩人？

只是，歷史並沒有如果。

在現實中，里爾克於一八九六年確實離開了布拉格，轉往慕尼黑求學，並在翌年邂逅了該時代的一位傳奇女子露．安德烈亞斯—莎樂美（Lou Andreas-Salomé）[1]；然後又在一九〇〇年，在德國的沃普斯韋德認識師從羅丹的女雕塑家克拉拉．韋斯特霍夫（Clara Westhoff），並在一年後迅速成婚，然後誕下女兒。可是由於經濟拮据，以及夫妻二人對文藝理想的執著，這個脆弱的家庭最終崩解，夫妻分道揚鑣。不過，也正正因為跟克拉拉相遇，里爾克通過她的介紹，得以前往巴黎成為羅丹的秘書；而這份工作，讓里爾克得以近距離接觸羅丹，藉著日常與羅丹的交往，以及為他整理文書，而深入羅丹的藝術觀念和精神世界，繼而深遠地，影響了里爾克的詩歌創作。

「偉大的作家到底是靠天賦還是後天努力而來？」寫作班上，每年都會聽到這道永恆卻恐怕並沒有確切答案的問題。

一八九五年秋，里爾克快將二十歲，即將進入大學念文學的他並不知道，自己日後將會成為歐洲近代其中一位最重要的詩人。這時的里爾克只知道，他對文學充滿熱誠，並有為之獻上一生的浪漫情操。他的〈年輕的雕塑家〉等早期詩作，表述了自己為文學獻身的決心，同時讓我們看到詩人當時比較稚嫩的創作手法，包括一些唯美的意象和充滿感傷色彩的抒情語句。但誰又能一開始就在寫作路上駕輕就熟呢？里爾克已經算是成長較快的詩人了，經過一八九八和一九〇〇年到意大利和俄羅斯的遊歷後，里爾克的詩歌已經完全擺脫了生手氣，表現出沉穩的氣魄。在造訪過意大利的一些宗教名勝，特別是教堂和修道院後，他深深為修士委身宗教的熱情所感動，並希望自己能像修道院士向上帝委身那樣，向詩歌藝術獻身。在《定時祈禱文》的第十三首詩中，他寫道：[2]

我在世上太孤單但孤單得還不夠，
好使每小時變得神聖。

我在世上太渺小但渺小得還不夠，
好在你面前像一件東西，
神秘而機靈。
我願伴隨我的意願伴隨我的意願
走上通向行動的路徑；
願在寂靜的、有時幾乎停滯的時間
正當某物臨近時，
和識者們在一起
否則遺世而獨立。
我願永遠映照出你的整個身材
並願從不盲瞽或者老邁
以致舉不起你沉重的搖晃的圖像。
我願自我擴張。

里爾克對詩歌委身的熱情，在一九〇一年與克拉拉結婚，以及女兒誕生之後，並沒有減退，反而輾轉將里爾克帶到巴黎和羅丹的身邊，繼續昇華。

那是一九〇二年的巴黎。

即使在今天，初到巴黎的人，也會率先關注城中的各個美景和名勝，何況是一九〇二年的巴黎？兩年前（一九〇〇年），巴黎第五次主辦了世界博覽會，巴黎的首條地鐵線在同年開通，改變了人的流動習慣，還有地理和社區觀念；至於一八八九年巴黎第四次主辦世界博覽會的那一年，用作紀念法國大革命一百周年，本來稱為「三百米塔」的艾菲爾鐵塔，也通過其建築物料與建築方法，向世人宣告現代建築乃至城市的面貌，將會有一番新的變革。這個猶如凡爾納（Jules Verne）於三十年前左右，在他幾部經典小說，像《海底兩萬里》（*Vingt Mille Lieues sous les mers*）、《環繞月球》（*Autour de la Lune*）和《八十日環遊世界》（*Le Tour du monde en quatre-vingts jours*）所描繪的未來世界，不是更應該讓初到巴黎的人，感到一份樂觀的精神，或者吸引他們注意嗎？

然而，里爾克抵埗巴黎後所關注的，並沒有停留在這些事物之上——起碼從他所留下的作品來看，並沒有這樣。

在接觸羅丹之後，里爾克愈來愈明白到觀看的真義，他在《馬爾特手記》（*Die Aufzeichnungen des Malte Laurids Brigge*）裡提到：「我在學習觀看。我不知道是甚麼原因，任何一切都更深地進入我的內部，不停留在它一向到此為止的地方。我有個我不知道的內部。現在，一切都趨向那裡。」[3]

他關注的，不再是那些輕易能夠引起人注意，卻未必含有飽滿內在生命的事物；相反，他變得愈來愈敏銳，愈來愈能聆聽到，那些看似毫不起眼的事物，所發出的低沉而又有力的聲音。

在《馬爾特手記》的〈初到巴黎〉裡面，里爾克並沒有寫塞納河、聖母院，又或者凱旋門，而是寫吃力地走路的孕婦、產科醫院、帶著痊癒皮疹的小孩，而這城市的氣息，並非由咖啡、紅酒或者香水所組成，而是由象徵著生、死和存在焦慮的三種氣息——炸薯仔的油脂氣、碘仿，還有「恐懼不安的氣息」所構成。

當他在〈獨自的死亡〉裡，描寫懷孕的婦女時，他不再像那些寫作生手，以一些陳腔濫調去描述對象，而是以自己獨特的方式去道出生命本質的問題：「懷孕的婦女們站在那裡的姿態，顯示出多麼憂傷的美，她們的纖纖素手不自覺地放在她們的大肚子上面，肚裡有兩個胎兒：嬰兒和死亡。在她們清清爽爽的臉上浮出深厚的，幾乎是豐滿的微笑，難道不是由於她們常常以為肚子裡有兩種東西在生長著嗎？」[4]

這時期，里爾克已梳理出一套具體的創作哲學。這套哲學，日後一直體現在他的生活和作品裡面。里爾克在〈為了一首詩……〉裡面指出，因此「應該推遲提筆，應當一輩子，儘可能長的一輩子，搜集感覺和甜美音調，也許最後可以寫出十行來。詩並非如人所想，是甚麼感情（感情早就夠了）——它是經驗。」[5] 這些經驗，包含學習得來的知識，以及親身經歷而得的體驗，因而他說：「為了一首詩，必須參觀許多城市，看許多人和許多東西，必須認識動物，必須感覺鳥是怎樣飛，知道小花早上開放的姿態。必須想得起不熟悉地區的道路，想得起意外的邂逅和早就眼見要來的別離——想得起還沒弄明白的童年，想得起如果你父母為你安排一件樂事，而你並不領會（雖然別的孩子可能高興地接受），那一定會傷他們的心的，想得起如此離奇地招致這許多深重變化的兒科疾病，想得起寂靜的、閉塞的房間裡的日子……」[6] 然而單有經驗還不夠：「而且有記憶也不夠。如果它們多了，就得把它們忘掉；還得有委大的耐性，等它們再來。因為，要緊的並不是記憶本身。」[7] 那麼，真正要緊的是甚麼呢？就是沉澱到記憶的低層，日常不會被注意，卻在機緣巧合下被重新注意到的深層感受。

怎樣能夠探挖出這些深層的記憶感受呢？里爾克認為，唯有在孤獨的時間，當一個人能夠直面自己的內心，就能逐步傾聽到源自自我內在的聲音；而這些聲音，正是創作最關鍵的素材。因此，創作除了觀看，還有一件事情需要學習——怎樣處於孤獨。

里爾克的兩部巔峰之作，都是在極其孤獨的環境下誕生的。一九二一年中，瑞士商人維爾納．萊因哈特（Werner Reinhart）為里爾克在瑞士的瓦萊州（Veyras）的穆佐（Muzot）購置了一幢塔樓供幾經流離的里爾克居住。在這個偏遠的小地方，里爾克終於完成了他之前花了十年都未能完成的《杜伊諾哀歌》（*Duineser Elegien*）；同時還在寫作《杜伊諾哀歌》的前後，僅以幾星期的時間，完成了風格迥然不同的《致俄耳甫斯的十四行詩》（*Die Sonette an Orpheus*），而在完成兩部作品之後不久的一九二六年，里爾克便因白血病與世長辭。

擁有多少天賦和付出多少努力，或許並非能否成為偉大作家的決定性因素，里爾克以他的作品和生命向我們說明，唯有懂得不斷回顧和展望，確保自己不斷前進與成長，才能成就更完全的作品和文藝生命。否則，即使擁有再多的天賦，也無從前進；哪怕再努力，也可能只是重覆錯誤、原地踏步。

註

1｜莎樂美是十九世紀末、二十世紀初，歐洲文藝界的一位傳奇女子，她跟哲學家尼采（Friedrich Nietzsche）、里爾克，以及其他文化人，有著複雜的愛情關係。莎樂美於一九一一年認識了精神分析學家佛洛伊德（Sigmund Freud），其後在翌年開始擔任他的助手。她對愛、自戀，以及創作之間的關係非常感興趣，是其中一位最早期的女性精神分析學家。

2｜〔奧〕里爾克著，綠原譯：《里爾克詩選》（北京：人民文學出版社，一九九六年），頁一六六。書中本詩標作第八首，但可能是第十三首："Ich bin auf der Welt zu allein und doch nicht allein genug."，見 https://de.wikisource.org/wiki/Das_Stundenbuch/Das_Buch_vom_m%C3%B6nchischen_Leben#Seite_13_1

3｜〔奧〕里爾克著，綠原、張黎、錢春綺譯：《里爾克散文選》（天津：百花文藝出版社，二〇〇二年），頁二二一。

4｜同上，頁二三〇。

5｜同上，頁二三三。

6｜同上。

7｜同上。

Die Aufzeichnungen des Malte Laurids Brigge

19

因平淡而傳奇的創作生命——佩索阿與他說不盡的分身

「一首詩就是以沒有人使用過的語言來表達思想或感情，因為沒有人用詩歌說話。」

——佩索阿《惶然錄》

FERNANDO PESSOA
1888-1935

我作了個蓋章的手勢，圖書館的管理員隨即明白，我想請她在剛買的幾本佩索阿畫冊上蓋印留念。里斯本的佩索阿故居（Casa Fernando Pessoa），一邊廂保留了佩索阿昔日的起居面貌；另一邊廂，則闢建成公共圖書館，充分活化了這棟佩索阿居住了十五年的古蹟。管理員在畫冊上印好繪有佩索阿頭像的圖書館印後，見我一臉歡喜，就跟我說了幾句葡萄牙語，請我跟她到圖書館的後園去。兩層樓高的粉牆漆滿了佩索阿的手稿插畫和幾個不同的簽名：Álvaro de Campos、Ricardo Reis、Alberto Caeiro、Bernardo Soares，以及他的真名：Fernando Pessoa。

佩索阿是否還有其他未為人知的筆名呢？

這問題至今依然耐人尋味。

佩索阿無疑是二十世紀葡萄牙最偉大的詩人，所以葡萄牙政府才將他的骨灰供奉在熱羅尼莫斯修道院（Mosteiro dos Jerónimos），跟航海家達伽馬（Vasco da Gama）以及古典時期的偉大詩人賈梅士（Luís Vaz de Camões）享有同等榮譽。看到里斯本城內各種以佩索阿為主題的紀念物，實在很難想像，一九三五年十二月二日，佩索阿喪禮上僅有幾個朋友的那份寂寥。當時更鮮有人知道Álvaro de Campos、Ricardo Reis、Alberto Caeiro、Bernardo

Soares 和 Fernando Pessoa 實際並非人們一直以為的那樣，是五位風格迥異的詩人作家，而竟然是同一個人！佩索阿的研究熱潮，是在他去世之後才逐步展開的；雖然轉眼間研究已持續了半個世紀，但人們至今仍難以確認，佩索阿是否仍有其他作品未被發現。

其實早在一九四二至一九四六年，已經出版過一輯佩索阿全集，但當時所發現的稿件並不齊全；於是在一九五五至一九五六年，又有出版社出版了佩索阿生前未曾出版的戲劇劇本，但這次的出版也不全面。一九七八至一九七九年葡萄牙國家圖書館終於出手，搜購了佩索阿一個存放了二萬七千五百四十三篇手稿和七十二個筆名的行李箱，最後整理成《惶然錄》（*Livro do Desassossego*[1]，一九八二年）和《浮士德》（*Fausto*，一九八八年）兩本著作。

不少人都認為，偉大的作家往往只出現在歷史上所謂的大時代，他們必須經歷波瀾壯闊的人生、擁有豐富的異域見聞，甚至糾纏不清的情感關係。可是佩索阿卻以他的人生和作品告訴我們，即使沒有以上種種條件，也無礙一個過著平凡生活的人，寫出無人能及的作品。

佩索阿在世僅四十七年（一八八八至一九三五年），其中三十年，都是在里斯本度過。佩索阿在八歲到十七歲間曾經跟母親和繼父在南非的德班（Durban）生活，但讀佩索阿的作品，讀者將發現，這段歷時不短的異國經驗，並沒有在佩索阿的作品裡綻放出奪目的色彩；而除了這段比較長的異國經驗和另一趟前往亞速爾群島的旅行外，佩索阿就再沒有離開過里斯本了。

佩索阿似乎並不對旅行這件事抱有強烈的熱情；又或者可以說，他不似浪漫主義藝術家那樣，十分重視異國文化對創作所帶來的啟發和刺激。他在《惶然錄》裡的其中一篇，談過他對旅行的想法：「旅遊？存在就已經是旅行了。我一天又一天，就像從一個車站到另一個車站，在我身體或命運的列車上，俯身在街道和廣場之上，在人們總是相似的、總是不同的姿態和面孔之上，而這一切，最終，就是風景。如果我想像，我就能看見。如果我旅行，我還能做甚麼？唯有想像力極度衰弱，我們才需要四出走動去感受。」[2]

佩索阿的大部分人生就在徒步可及的範圍裡度過，他的出生地到辭世的醫院，相距僅一公里；至於他的住所與工作地點，則只有三公里之遙。他為出入口公司翻譯文件維生，過著一個普通白領的尋常人生。然而，就在這看似狹小的生命格局裡，佩索阿竟孕育出非凡的精神境界，從尋常的生活裡察看生命的深度：「我有巨大野心和過高的夢想，但小差役和女裁縫也是這樣，每一個人都有夢想。區別僅僅在於，我們能否有力量去實現這些夢想，或者說，命運是否會通過我們去實現這些夢想。這些夢境悄然入心之時，我與小差役和女裁縫們毫無差別，唯一能夠把我與他們區分開來的，是我能夠寫作。是的，這是一種活動，一種關於我並且把我與他們作出區別的真正事實。但在我的內心深處，我與他們是同一回事。」[3]

佩索阿從不否認自己是個平凡人，他一生都在一家進出口公司做兼職工作，在那裡他用英語寫郵件或給客戶翻譯以維持生計，經常穿著一身黑色的西裝、戴著一頂軟帽，整個造型，讓人想起畫家馬格利特（René Magritte）經常繪畫的那個穿著黑色西服，經常被遮蔽或消去面孔的男人造型，而馬格利特的畫作《戈爾孔達》（*Golconda*）——那幅天空佈滿雨點般的人的畫作，或者也可以作為佩索阿終極藝術理想的象徵寫照——以一切的方式成為任何人，甚至一切事物。

佩索阿是在甚麼時候，開始用不同名字來創造其他身份和他的世界呢？在一封於一九三五年一月十三日[4]寫給詩人阿道夫．卡塞斯．蒙泰羅（Adolfo Casais Monteiro）的信裡，佩索阿向對方透露，這個超凡意念的起點，可以上溯至一九一二年，在那年的某天，一個奇特的創作方法浮現於他的腦海——他想用一種不合格律的方式寫詩。他當時打了一些草稿，而更有趣的是，他甚至開始幻想，正在寫這些作品的人的肖像——這就是後來佩索阿的其中一個分身 Ricardo Reis。然而這件事並沒有隨即發展下去，而是到了一年半到兩年後，佩索阿跟他的文友——和他一起辦《奧菲》（*Orpheu*）雜誌的薩—卡內羅（Mário de Sá-Carneiro）開玩笑說，他創造了一位文體複雜的田園詩人，並將會給他看這位詩人的作品。佩索阿後來花了好些日子去經營這位詩人，但一無所獲，最後他決定放棄。

可是，當時間來到一九一四年初……

「一九一四年三月八日，我走到一個高高的抽屜櫃前，拿起一張紙，開始寫字，站著，就像盡我所能一樣地寫作。我一口氣寫了三十多首詩，在一種我無從定義的狂喜之中。這是我生命中的凱旋之日，而我將永不會再有另一個這樣的日子。我為作品開了個標題《牧羊人》（*O Guardador de Rebanhos*）。一個人物隨即浮現在我的腦海，於是我立即將他命名為阿爾貝托．卡埃羅（Alberto Caeiro）。」[5]

然後，一連串的人物開始產生，這些人不單有名有姓和有風格迥異的作品，而且各自有各自的故事和不同的地址；而更教人吃驚的是，這些人物還互相通訊、交流，由於他們的主張不一，所以他們會互相辯論。例如佩索阿[6]是《牧羊人》的作者阿爾貝托·卡埃羅的學生；至於卡埃羅這位詩人，竟然又是（現實中）佩索阿所創造的另外幾個虛構作家 Álvaro de Campos、Ricardo Reis、António Mora 以及（虛構的）費爾南多·佩索阿的老師，這位「大師」認為唯有詩歌才能充分表現現實，所以他是（現實中）佩索阿所虛構出來的人物裡唯一不寫散文的人。這位「大師」在父母雙亡後與姑姑過著鄉郊生活，教育水平不高，卻十分博學，他擁有一套體系的哲學思想，深受幾位學生尊敬，他的生命最後因肺結核而結束；至於最早浮現在（現實中）佩索阿腦海的虛構作家 Ricardo Reis，他有一位叫 Federico Reis 的兄弟，而他也是一位在現實中留下了作品的散文家，他流傳在現實世界裡的作品是（現實中）的佩索阿所寫的，所以他的存在，即有虛，也有實。至於上面提及到的《惶然錄》，則是由另一個虛構的分身 Bernardo Soares 所寫的，他在里斯本一家經常光顧的糕點店遇到了（虛構的）佩索阿，並讓他讀了自己的作品，所以《惶然錄》從某個意義而言，也可以說是一本自傳筆記體小說。

是的，我們已陷入了佩索阿通過寫作來構築的巨大迷宮，這個迷宮跨越了現實和虛構，而且我們尚不清楚，它是否仍在擴充——這得視乎我們是否真的有可能確定，我們已充分編集了（現實中）佩索阿的所有文稿——噢，但是，如果有些文稿曾經存在於世，但它們卻因為種種原因不再流傳，甚至已經銷毀掉呢？那麼是否意味著，這個巨大迷宮，其實仍一直延伸著，只是它所延伸的時空，並非能夠讓我們觸及而已？

不少人以為，佩索阿想構築的，只是幾個以異名構成的身份；但實際上，他希望構築的東西，規模遠比幾個異名身份大，他在以 Álvaro de Campos 署名的〈煙草店〉（*TABACARIA*）裡寫道：[7]

世界是為那些天生征服它的人而存在的，
而不是為那些夢想能夠征服它的人，儘管他們有他們的道理。
我夢想的比拿破崙所做的還要多。
我把更多的人文精神擠壓進我假設的胸膛，比基督所擠進他的還多。
我創造了康德沒有寫過的隱秘哲學。

隨著一個又一個的異名身份誕生，佩索阿似乎愈來愈明白到，自己內在的巨大力量和宇宙；但與此同時，他也為這想像中的一切，乃至現實中的一切所具有的價值，以及它們的永恆性感到不安。

這種對於存在的不安，其實在〈煙草店〉一詩的開首，佩索阿已清楚表明：[8]

我甚麼都不是，
我永遠不會甚麼都不是。
我不能希望甚麼都不是。
話雖如此，我帶著世界上所有的夢想。

佩索阿是一位極其獨特的作家，他的外在生活雖然沒有任何非凡的遭遇，但他的精神世界卻有如黑洞般龐大，他想成為整個世界，了解它、感受它，然後表達它。他通過各個虛構的異名分身分裂自我，藉此豐富自己的內在對話。他的生活平淡，內在卻充滿躁動，一如他為作品所冠以的標題——*Livro do Desassossego*；這本書除了被中譯為《惶然錄》

之外，也譯作《不安之書》。Desassossego 一詞，一方面可以指精神上的不安靜，但同時亦可解作身體的躁動；這個詞經常用於當我們要求一個人乖乖地待著，保持安靜，而不是指擔憂或者顧慮——這兩個意思，在葡萄牙語裡，主要以 preocupação 來表示。

註

1｜也有中譯作《不安之書》。

2｜筆者譯自 Pessoa, Fernando. (Bernardo Soares). *Livro do Desassossego. Vol.II.* Lisboa: Ática, 1982, p. 387.

3｜［葡］佩索阿著，韓少功譯：《惶然錄》（上海：上海文藝出版社，二〇一九年），頁十四。

4｜也就是佩索阿逝世的同年。佩索阿於一九三五年十一月三十日死於肝硬化。

5｜筆者譯自 Pessoa, Fernando. *Carta a Adolfo Casais Monteiro–13 Jan. 1935.* Retrieved 11 Jan 2022, from http://arquivopessoa.net/textos/3007

6｜在某個層面上，這裡所指的佩索阿，已不等於現實中的佩索阿了，因為他能跟那些虛構的人物互動，儼如一個（或者起碼半個）虛構的人物了。

7｜筆者譯自 Pessoa, Fernando. (Álvaro de Campos). *TABACARIA.* Retrieved 11 Jan 2022, from http://arquivopessoa.net/textos/163

8｜同上。

Livro do Desassossego

20

神秘而幽深的文字迷宮——博爾赫斯的短篇小說

「遺忘與記憶同樣具有創造力。」

——博爾赫斯〈沙之書〉

JORGE LUIS BORGES

1899-1986

卡爾維諾（Italo Calvino）在《為什麼讀經典》（*Perché leggere i classici*）中說過：「波赫士（博爾赫斯）是位簡潔大師。他設法將豐富的概念與詩意魅力濃縮在幾頁長的文本中……（中略）……這一切都是風格上的奇蹟，在西班牙語中是無與倫比的，只有波赫士深諳其中奧秘。」[1]所謂「簡潔」，實際是指從繁瑣形式、紛紜的意念和寫作材料之中，提煉出其簡潔的面貌；換言之，在博爾赫斯「簡潔」的作品背後，應該隱藏著一個豐富而且複雜的世界。

的確，一八九九年出生在阿根廷的博爾赫斯（Jorge Luis Borges）是一位博學型的作家。他的學養，鮮有同代作家能夠企及，而他的心靈世界亦較許多作家幽深。博爾赫斯的父親是一位律師，擁有西班牙、葡萄牙和英國的血統，因此博爾赫斯自小就在西班牙與英語的雙語環境下成長。早在六、七歲左右，博爾赫斯便對文學產生興趣，他用英語寫了希臘神話的概要，並對父親說要成為一名作家。一九一四年，博爾赫斯的父親由於遺傳性失明的問題辭去了工作，和家人一起到歐洲治療。時值第一次世界大戰，所以他們定居在瑞士日內瓦，博爾赫斯也順理成章地在當地入學，並於一九一四至一九一八年這段高中時期，接觸到許多法國文學作品——特別是巴爾札克和其他現實主義作家的小說，還有像韓波（Arthur Rimbaud）等象徵派詩人的詩歌；與此同時，博爾赫斯也接觸到德國表現主義的詩歌。

第一次世界大戰結束後，博爾赫斯一家於一九一九年遷往西班牙。博爾赫斯在馬德里參加了極至主義文學運動（El Ultraísmo）[2]，與當時經常在殖民地咖啡館（Café Colonial）聚會的詩人和評論家合作，為《極至》（*Ultra*）、《希臘》（*Grecia*）、《塞萬提斯》（*Cervantes*）等刊物撰稿和執行編輯工作。博爾赫斯模仿美國詩人惠特曼（Walt Whitman）而創作的第一首詩歌〈海之頌〉（*Himno del mar*），就是發表在《希臘》上面。

當博爾赫斯在一九二一年回到阿根廷時，他已是一位頗負盛名的年輕詩人、散文家和翻譯家。而除了詩歌之外，博爾赫斯的小說創作也非常矚目，例如一九三九年發表的〈《吉訶德》的作者彼埃爾・梅納爾〉（*Pierre Menard, autor del Quijote*）和一九四一年創作的〈小徑分岔的花園〉（*El jardín de senderos que se bifurcan*）都得到許多好評。

博爾赫斯的作品大都因為有著一種神秘的懸疑感而別具吸引力，作品的深層訊息和思想也極其複雜和抽象。〈《吉訶德》的作者彼埃爾・梅納爾〉以一位文學研究者作為敘事者，故事講述他在追溯一位非常博學，名為彼埃爾・梅納爾的二十世紀法國作家[3]的作品時，發現梅納爾重寫西班牙語文學經典——塞萬提斯《唐．吉訶德》第一部的第九、三十八和二十二章的片段。這篇短篇故事涉及到極多文本和文藝思想，而通過梅納爾重寫《唐．吉訶德》的行為，博爾赫斯向讀者揭示出翻譯，實際並非純粹以另一種語言去傳遞原來的文本，而是將原來的文本，轉換為新的文本。

至於〈小徑分岔的花園〉，則是一篇以二次大戰為背景，充滿諜戰張力的故事。小說的主人公是一位居住在英國，為德意志帝國從事間諜工作的中國學者。他在發現了一個英國炮兵所處位置，並急欲將有關情報發送給德軍的時候，得悉自己即將會被英國情報人員追捕。為了趕在被捕之前將情報及時發送出去，他趕到一位名為艾伯特的漢學家的家去。這位漢學家長久以來一直以主人公的先祖為研究對象，特別是這位先祖所沒有完成的一部小說和一個巨大迷宮的奇妙想法。而艾伯特發現，這位先祖所留下的信件裡所指的「小徑分岔的花園」是指時間和空間的分岔，意即當角色每作一個抉擇，指向其他方向的可能性就會被抹去。然而這位先祖所構想的小說裡，每個可能性都同時發生，並且會引發更多的可能性；可是這些擴散出去的不同路徑，又可能會因為相同的結局而再次匯聚。就在艾伯特向故事主人公分析完這一切之後，英國的情報人員已經趕至。主人公於是忽然拔出了手槍，結束了這位無辜漢學家的性命。主人公最終被英國情報人員逮捕了，但德意志軍隊卻離奇地發現到英國炮兵隊的位置，並予以空襲。為甚麼會有這樣撲朔迷離的結果？其中奧妙，原來竟跟漢學家的死有關……

讀博爾赫斯的作品，往往會被他的奇思妙想和豐富的學養所折服。博爾赫斯酷愛閱讀，他曾經在一所街區圖書館工作，並把整個圖書館的書讀了一遍。博爾赫斯並不是那種封閉型的博學學者，而是擁有極大創造力的開放型作者。他通過他的創作，去呈現和討論一些深層和抽象的問題，但往往能夠舉重若輕，並為作品注入極大的趣味。博爾赫斯經常思考兩個跟書籍有關的問題，一是語言的神秘性，二是文字與現實世界的關係。他常借他的短篇小說來討論這些問題，〈神的文字〉（*La escritura del dios*）、〈阿萊夫〉（*El Aleph*）和〈沙之書〉（*El libro de arena*）幾個故事，都跟這些主題有關。在博爾赫斯的想像裡，經常出現一種所謂的「全書」（El Libro Total）的概念，若用較貼切的中文來表述，那就是一本「包羅萬象」的書，而小說〈沙之書〉就是以此為題。

〈沙之書〉講述一個書痴某日被一個書籍推銷員推銷了一本與眾不同的「《聖經》」，這本書的頁碼完全錯亂，而且每次翻開的時候，都會出現不同的頁面。書痴嘗試將書頁分類記錄，卻發現凡是翻開過的書頁似乎就不能再被翻出，每次翻書，竟然都是一頁新頁。書痴發現自己完全沉迷到這本書裡無法自拔，以致幾乎脫離了現實世界。於是他決定偷偷把書放到國立圖書館裡，並儘量忘記書的位置，以免自己再次泥足深陷。這本「沙之書」，實際也是宇宙的投影，人無法重新經驗它的任何一個細節或者瞬間；而它無窮無盡，教人充滿好奇，且愛不釋手，但它亦浩瀚得教人茫然。

博爾赫斯的小說大都屬於奇幻故事，對於有不少人認為，奇幻文學只是當代文學的一種反動，唯有現實主義小說才是真正的文學，博爾赫斯並不以為然。博爾赫斯認為，只要回顧文學史就可以發現，現實主義小說實際是在十九世紀才大行其道，這種要求文學與現實相呼應的文藝觀念，其實誕生得很晚，而且在人類文學史上，可能只會佔很短時期。博爾赫斯指出，不少人都誤以為奇幻小說並沒有回應現實，但實際上，奇幻故事卻是通過想像來回應現實，以威爾斯（H.G. Wells）的《隱形人》（*The Invisible Man*）與卡夫卡（Franz Kafka）的《審判》（*Der Prozess*）為例，它們表面上是兩部非常不同的作品，前者是科幻小說，後者則在敘事裡呈現出一個恍如噩夢般的世界；然而兩部作品在人類存在的孤獨處境的主題上，卻是相通的，而這個主題更是古今中外所有存在於世的人，所必須面對的現實處境。

一九五五年，酷愛閱讀的博爾赫斯被任命為阿根廷國家圖書館館長，然而命運卻跟他開了一個不小的玩笑：博爾赫斯家族患有遺傳性眼疾，隨年齡增長，博爾赫斯的視力逐漸消失，最終完全失明。他被一堆無論是數量和質量都屬國家級的藏書包圍，卻無法親眼細讀……博爾赫斯是公認配得諾貝爾文學獎的作家，但儘管他屢獲提名，卻始終只能跟獎項擦身而過。不過，博爾赫斯對世界文學的影響和貢獻已經是毋庸置疑，獲獎與否，都無法改變此一事實。

註

1—【意】卡爾維諾著，李桂蜜譯：《為什麼讀經典》（台北：時報文化，二〇〇五年），頁二六一。原書將博爾赫斯譯作「波赫士」，此處引用時，補上本書採用的譯法「博爾赫斯」。

2—極至主義文學運動是一個於一九一八、一九一九年間展開的先鋒文學運動，它的起源主要是對西班牙現代主義和 Novecentismo 美學運動的一種反動。博爾赫斯曾於一九二二年在《我們》（Nosotros）雜誌上勾勒過極至主義文學運動的一些特徵，包括：運用隱喻；刪除過渡句、連接詞和不必要的形容詞；將兩個或以上的意象合而為一，從而擴大其暗示的效果；採用令人驚喜、不合邏輯的意象和隱喻，特別是那些隨著電影、運動或者科技發展而變得突出的元素，就像吉列爾莫．德．托雷（Guillermo de Torre）的詩句「引擎聽起來比十一音節詩句的聲音更優美」；儘可能建立新的詩詞排列方式，藉此假裝表現出造型藝術和詩歌的融合；使用新詞、技術用語，以及音重落在倒數第二個音節上的 esdrújulas 字詞；刪除韻律；歌頌現代世界的事物（例如汽車、燈泡等等）。

3—這位作家乃虛構人物，現實中並無此人。

El libro de arena

21

簡約而深刻的詩歌——普雷維爾的大眾美學

「有些大人從未成為過孩子。」

——普雷維爾《演出》

JACQUES PRÉVERT

1900-1977

我總搞不清，每次想起香港詩人飲江[1]和法國詩人普雷維爾（Jacques Prévert）[2]的時候，我是先想起前者，還是後者。總之，兩位詩人都經常同時出現在我的意識裡。

在香港，大家都愛飲江，其人，及其詩。

在法國，大家都愛普雷維爾，其人，及其詩。

對於不熟悉法國詩的讀者而言，普雷維爾，恐怕是個陌生的名字；但即使未聽過普雷維爾這個名字的人，也極有可能聽過與普雷維爾詩歌相關的樂曲。其中最為膾炙人口的，相信是今天經常都能在咖啡館、酒吧、餐廳裡聽到，成為了爵士樂經典的《落葉》（*Les Feuilles Mortes*）[3]。

普雷維爾的詩歌，在行文方面用詞淺白、貼近口語、節奏感強。其中不少詩作，都採用了重複的結構，加上這些詩作不時都帶有極富戲劇性的情節和電影一般的畫面感，的確是改編成歌謠的理想對象，例如以下的這一首〈公園〉（*Le Jardin*），就借用了電影鏡頭的邏輯，來營造詩作的戲劇化效果，豐富意象的內涵：[4]

數千年又數千年

也難以說盡
這永恆的瞬間
你吻了我
我吻了你
一個清晨在冬日的晨光裡面
在蒙蘇里公園在巴黎之中
在巴黎
在大地之上
而地球是一顆星

詩歌的開首看似平凡，但從第五行起，逐句採用了電影的拉遠鏡頭（Zoom Out）效果，將公園裡的情侶，以及他們的一吻愈縮愈小，變得微不足道。然而詩歌的最後一句，卻又告訴我們，一些我們以為巨大的東西，例如城市或地球，與浩瀚的宇宙和無盡的時空相比，實際都只是滄海一粟，而且都難逃消逝的結局。儘管如此，這些稍縱即逝的事物，大至公園、城市或者星球，短暫如一個清晨、渺小如一個吻，甚或是抽象如親吻背後所包含的愛，其璀璨和永恆的意義，並不會因其消逝而削減；相反，它們之所以美麗和珍貴，正正由於它們具有消逝的特質，一如星光之美，其實乃是來自它的燃燒、爆炸，以及死亡。〈公園〉的文字、句式和結構雖然簡單，卻包含著深刻的意蘊。通過這種舉重若輕的筆法，普雷維爾創作了不少饒富趣味的詩作，這些詩作有時連繫著一些童年回憶，有時表現出一種挑戰常規的叛逆精神；而更有不少，是情意綿綿的情詩。在此，不妨一起讀讀〈夜間巴黎〉(*Paris de Nuit*)：[5]

三根火柴一根接一根在夜裡劃著
第一根為了完整地看清你的臉
第二根為了看見你的眼睛
最後一根為了看見你的嘴
而完整的黑暗為了讓我回憶起這一切
把你緊緊地擁抱在我的懷裡。

這首詩很容易讓人想起安徒生童話中的〈賣火柴的女孩〉，在童話故事裡，不幸的小女孩因為現實中的欠缺，於是劃亮了一根又一根的火柴，通過想像去「擁有」她所渴慕的事物。遺憾的是，隨著一根又一根的火柴熄滅，她短暫而脆弱的溫暖和幸福，就隨之消逝，最後更難逃凍死的悲劇命運。至於〈夜間巴黎〉則通過與〈賣火柴的女孩〉的互文性（Intertextualité），來表達跟安徒生童話完全相反的訊息。〈夜間巴黎〉首四行寫的是「擁有」到消逝的必然過程，但詩歌的後部告訴我們，就算我們無法阻止事物消逝，我們亦不見得就需要悲觀或者憂傷，因為事物之所以彌足珍貴，正是由於它們都終將消逝，而記憶不單是對抗消逝的工具，更是讓事物與我們更深刻地結連在一起的媒介。

普雷維爾的《話語集》（*Paroles*）於一九四六年面世之後，一直是二十世紀法國詩集裡面最暢銷的一本，風靡幾乎所有年齡層的讀者群。《話語集》裡的詩作，包含了不少普雷維爾有關大戰的印象與記憶，例如〈芭芭拉〉（*Barbara*）、〈主禱文〉（*Pater Noster*）、〈家常〉（*Familiale*）這些經典作品，都見證了詩人對於世界、時代，特別是戰爭的反思，具備了深厚的人文關懷精神。

回顧普雷維爾從一九〇〇年出生，到一九七七年逝世的七十七個年頭，不難發現，詩人先後經歷和見證了二十世紀各種重大的歷史和社會事件，包括第一和第二次世界大戰、冷戰、法國和阿爾及利亞戰爭、一九六八年席捲全法國的學運等等，因此普雷維爾對於各種苦難，有著深刻的體會和記憶，而其中以二十世紀上半葉的兩次大戰，以及普雷維爾所參與其中的左翼文藝運動，對他影響尤深。

普雷維爾生於一九〇〇年，十五歲時就因家庭經濟拮据，需要幹各種小活來自力更生。一九二〇年，二十歲的普雷維爾入伍服役，兩年之後退役，並開始跟巴黎的文藝圈——特別跟超現實主義的藝術家過從甚密，所以普雷維爾早期所集中耕耘的文體並非詩歌而是戲劇。一九三二年，普爾維爾獲邀成為「創始劇團」（La troupe Prémices）的成員，而此劇團亦即日後具有強烈左翼色彩的「十月劇團」（Le Groupe Octobre）的前身。普雷維爾為劇團撰寫劇本，不時舉辦工人劇場、動員工人組織罷工，鼓動工人向一些大財閥——特別是像雪佛龍（Citroën）這樣的汽車公司爭取合理的權益。

一九三六年「十月劇團」解散，普雷維爾將精力投放到另一種大眾藝術——電影之上。上文提及到《落葉》的歌詞，就是普雷維爾為電影《夜之門》（*Les portes de la nuit*）[6]裡面的歌曲所寫，在這部電影裡，普雷維爾還作了另一首曲的詞，那就是《相愛的孩子》

（*Les enfants qui s'aiment*）。普雷維爾為這齣電影創作歌詞，事實上是因為他是這部電影的編劇；而除了《夜之門》外，普雷維爾也撰寫了另外不少電影劇本，其中尤其經典的，就是《天堂的孩子》（*Les Enfants du Paradis*）[7]。《天堂的孩子》的拍攝時期，正值二次大戰期間，德軍佔領法國北部之後。當時普雷維爾已轉往法國南部的自由區避難，在一次跟友人在尼斯（Nice）聚會時，普雷維爾聽朋友分享了一段奇異的故事，認為故事很適合改編為劇作，於是他們就在法國南方自由區艱難地將電影製作出來，而《天堂的孩子》後來還獲得第十九屆奧斯卡原創電影劇本的提名。

普雷維爾孜孜不倦地從事戲劇、電影、流行歌曲和詩歌創作，其中一個原因，是希望通過這些傳播面較廣的藝術形式，將作品中的訊息，儘可能地傳播給最多的受眾。為了有效達到此一目的，普雷維爾的文學語言，特別是詩歌的語言，始終都堅持以一種接近口語而非書面語的語法去創作；因此，即使是只具備初、中階法語水平的外國讀者，亦能夠毫無難度地閱讀普雷維爾的詩作，而這也促使普雷維爾成為了全球法語學習者中，最廣為人知和喜愛的詩人。

除了在文字方面力求讓詩歌達到簡約的效果，普雷維爾的詩作在題材和精神上，也非常貼近社會大眾的價值觀。普雷維爾的詩歌以大眾的生活和情感出發，這些作品為普羅大眾發聲，特別是被欺壓和剝削的人物，這些人物包括如〈慵懶的上午〉（*La grasse matinée*）一詩裡所描繪的貧困無助者；〈家常〉裡面，被無辜地捲入戰爭的家庭；以及〈笨學生〉（*Le cancre*）裡面寫到的，被扼殺童真的學童。

雖然普雷維爾許多詩作，都指責社會和世界的不公，可是他的作品卻從不宣揚暴烈的主張，更不會渲染仇恨，而往往是通過呈現的方式，引起讀者關注有關問題，並且喚起他們的同理心。上面述及的〈慵懶的上午〉，就寫一個貧困潦倒的人，面對飢餓時的無助與無奈，整首詩作所描寫的場景，就如歐洲戰後新寫實主義電影的畫面。至於〈家常〉一詩中旨在揭示戰爭對無辜家庭的傷害，也甚為值得讀者細味：[8]

母親打毛線
兒子去打仗
她認為這自然不過那母親
而父親他幹甚麼呢那父親？

他處理業務
他的妻子打毛線
他處理業務
他認為這自然不過那父親
而那兒子而那兒子
他幹甚麼呢那兒子？
他甚麼都找不著絕對找不著那兒子
那兒子他媽打毛線他爸處理業務他參戰
當甚麼時候戰爭結束
他會從事業務陪著他爸
戰爭持續那母親繼續她打毛線
那父親繼續他處理業務
那兒子被殺死他不能繼續
那父親和母親到墳墓去

他們認為這自然不過那父親和母親
生命持續生活陪隨著毛線戰爭和業務
業務戰爭毛線戰爭
業務業務和業務
生命陪隨著墳墓

詩作表面寫得淡然，而詩中人物對於所遭遇的不幸，彷彿有點木然，但當我們嘗試抽離於所身處的時代，代入詩中的年代，嘗試思考詩中所描述的不幸，並非個別事件，而是普遍發生於每一個家庭的悲劇；而這些家庭，又往往是無權無勢，在社會上欠缺話語權，只能隨著時代洪流，任由當權者魚肉的貧苦大眾，我們就或許能略為領略，詩中人物在面對不幸的時候，除了木然接受、忍耐之外，就別無他法。

普雷維爾通過他的〈主禱文〉表示，世界本來非常美好，只是一些當權者因著一己私慾，鼓吹歧視、仇恨和暴力，結果一切美好的事物，都被遮蓋起來，而唯有當我們懂得怎樣去理解、同情、憐憫和愛，並在這些基礎上去尋求共同的福祉，人類社會方能找到真正出路。

於是，我又莫名其妙地想起了詩人飲江和他的詩。

《守株待兔》（外一首）——給阿丹阿石[9]

那人守在樹下
一天一天
一年一年
傻傻的那人守在樹下
傻傻的那人在等著兔子
等兔子來了，要跟牠們說話
「小心小心，不要跑得太快
太快太快，會碰到大樹
碰到大樹會受傷會流血
會把小小的脖子折斷！」

但兔子們老遠看見他
都慌忙跑開了
而且跑得飛快
慌忙跑開的兔子
有的很小心，有的
粗心大意
粗心大意的兔子
碰到大樹
那人遠遠看見，很傷心
他很傷心，但沒有辦法
森林裡的樹木和粗心大意的兔子
千千萬萬
但好心腸的傻瓜
卻只得一個

唉，只得一個

對於忘記了愛的人，愛大概真的是一種莫名其妙的情懷；因愛而付出，更是難以理解的行徑，所以我們的社會，才會每天都教導我們不要做「傻仔」。

普雷維爾說：「世上並沒有六或者七大奇蹟，奇蹟只有一個，就是愛。」

他總以輕靈的語言，道出沉重的真相。

註

1｜本名劉以正，著有詩集《於是你沿街看節日的燈飾》（一九九七年）和《於是搬石你沿街看節日的燈飾》（二〇一〇年）。

2｜亦有譯作卜列維。

3｜英譯為：Autumn Leaves。

4｜本詩為作者所譯。

5｜〔法〕普雷維爾著，樹才編譯：《法國九人詩選》（上海：上海人民出版社，二〇〇九年），頁一一七。

6｜英譯為：Gates of the Night。

7｜英譯為：Children of Paradise。

8｜本詩為作者所譯。

9｜飲江著：《於是你沿街看節日的燈飾》（香港：呼吸詩社，一九九七年），頁一三四至一三五。

Spectacle

22

以「輕」載「重」的文學——卡爾維諾的奇想世界

「閱讀就是拋棄自己的一切意圖與偏見，
隨時準備接收突如其來且
不知來自何方的聲音。」
——卡爾維諾《如果在冬夜，一個旅人》

ITALO CALVINO
1923-1985

閱讀卡爾維諾，許多人都是從《看不見的城市》（*Le città invisibili*）開始。

這本小說的內容主要由意大利旅行家馬可．波羅（Marco Polo）向蒙古帝國大汗——忽必烈汗講述的旅行見聞所組成。故事的框架有點像《馬可．波羅遊記》的是，《看不見的城市》所講述的，都是虛構的城市。例如有一座名叫奧塔維亞（Octavia）的城市，它建在兩個陡峭高山中間的懸崖，城市懸在半空，只依賴繩索、鐵鍊等物綁住兩邊的山頂，山的底下是無底深淵。而這個城市的獨特之處，在於奧塔維亞這城只能往下發展，而非向上，居民用繩梯、吊床般的方式，把城市的一切建築逐步興建出來。

另外，又有一個叫卓貝地（Zobeide）的城市，傳說這城是由許多做了同一個夢的人興建而成，這些人都曾夢到過一個赤裸女人的背影，他們在夢中追趕她，而女人則帶著他們在一座不知名的城裡閃躲穿梭，最後不知所終。人們醒了之後就出發尋找這座不知名的城市，最終都沒找著，卻找到了對方。於是，他們就按夢中的情境來建一座城，最後成為了卓貝地。

卡爾維諾的代表作，大都充滿著這種奇想，而且結構往往別具心思。《命運交織的城堡》（*Il Castello dei Destini Incrociati*）模仿中世紀騎士小說的框架，講述一個旅人在森林裡迷路，抵達了一座外形是古堡而內裡卻似乎已變成酒館的堡壘。他在裡面遇到了幾個人，並發現眾人都失去了說話的能力。為了彼此交代背景，眾人就借助塔羅牌來講故事。他們每人每次都抽出幾張牌，而其他人就憑藉牌上的圖畫，揣摩對方的故事內容。

卡爾維諾很重視作品的趣味性，也很關心講故事的方法。不無誇張地說，卡爾維諾是意大利二十世紀最有影響力和最重要的講故事的人之一，他的創作風格，一直以一種相對獨立又領先於文學潮流而見稱。不過這並非意味著，他的創作風格一直都別樹一幟。事實上，卡爾維諾的早期創作生涯，也曾投入到一些主流的文藝運動之中，例如新現實主義（Il neorealismo）[1]。卡爾維諾的第一部小說《通向蜘蛛巢的小徑》（*Il Sentiero dei Nidi di Ragno*）就是一部講述年輕孤兒——皮恩（Pin），他從納粹軍人那裡偷得一把手槍，然後去尋找意大利游擊隊的故事。這部作品的靈感泉源，來自二次大戰期間，卡爾維諾參考游擊隊的現實經驗。小說通過皮恩的小孩視覺去審視戰爭，同時也講述皮恩的心理變化與成長，是一部具有成長小說色彩的新現實主義作品。不過，卡爾維諾的創作，並未一直停留在新現實主義的文藝理念裡，而是不斷演化、更新，另闢蹊徑。卡爾維諾不斷探索寫作的可能性，同時他亦是一位非常博學，以及對不同知識領域都抱持濃厚興趣的作家，因此他有不少作品的意念，都源於其他學科的知識，例如他的《宇宙奇趣全集》（*Tutte le cosmicomiche*），就是一部由十二篇以宇宙為主題的短篇小說所組成的故事集，內容幽默有趣，且具有豐富的想像力；至於另一本短篇小說集《馬可瓦多》（*Marcovaldo ovvero Le stagioni in città*），也是十分值得推薦的作品，小說集中的二十篇故事，都是以名為馬可瓦多（Marcovaldo）的工人為主角，小說以滑稽，又包含著一股憂傷的筆觸，講述馬可瓦多所遭受的各種壓迫。這些壓迫源於房東、公司，以及政府等等。《馬可瓦多》的故事道出了資本霸權下，勞動者的無奈；從主題而言，可說是新現實主義文學的典型題材，然而卡爾維諾卻以寓言和漫畫一般的風格來書寫這些題材，這無疑跟他所提倡的「輕」的文學觀有關。

在《給下一輪太平盛世的備忘錄》（*Lezioni americane. Sei proposte per il prossimo millennio*）[2]的第一篇講稿裡，卡爾維諾以希臘神話裡面，柏修斯（Perseus）斬殺蛇髮女妖美杜莎（Medusa）的故事，來講述文學作品應該如何處理現實中的「重」的問題。卡爾維諾提倡文學作品在處理現實的題材時，要具備「輕盈」的特質，他提出這主張，並非要否定現實題材在文學作品中的重要性，而是認為文學作品應該以「折射」而非「直視」的方式來處理現實題材——「就像當初，他（柏修斯）憑藉鏡子的映像觀看，才得以征服那張臉。柏修斯的力量在於拒絕直接觀視——不過，他並不是拒絕去觀看他自己命定生活其中的『現實』：他隨身攜帶這個『現實』，接受它，把它當作自己的獨特負荷。」[3]

在卡爾維諾的觀念裡，文學有回應現實的價值；但文學同時應維護它自身的本質，包括它所能夠呈現的藝術高度、所能夠給予作者和讀者的想像空間、在創作和閱讀時所產生的趣味，以及所能夠給予讀者的一些啟悟。

卡爾維諾的讀者，涵蓋了不同年齡層和不同文化、教育背景，這主要是因為，他的作品容許不同層次的閱讀方式，年輕或者兒童讀者，可通過作品中的無限想像和輕鬆幽默的筆觸，獲得閱讀的樂趣；至於較為成熟，文藝經驗比較豐富的讀者，則能夠從中挖掘出深層的哲思。

卡爾維諾雖然重視作品的「輕」，但這並不意味，他的作品就沒有深層訊息。前面提到的《看不見的城市》裡，有關卓貝地這個由人的夢和慾望所構成的城市，馬可．波羅在敘述它的最後兩句裡表示，它其實是一座「醜陋的城市」，一個「陷阱」；而這兩句，實際點出了卓貝地這城市所包含的象徵意義——如果一個城市（或廣義的社會），它的發展目的僅在於滿足人的私慾，這個城市（或社會）最後肯定會瘡痍滿目。至於奧塔維亞也一樣，馬可．波羅說這城的居民比其他城市的「還要安定」，因為「他們都知道這網只能維持這麼久」，這話的意思，到底是指這城的居民因知道懸掛城市的索鍊僅能承受有限的重量，所以都安於本分，不為城市加上不必要的建設（或者在安居之外，不再去延伸多餘的慾望）？還是指居民大都明白，這城終會因承受不住發展而難逃墜落深淵的宿命，所以大家都「樂天知命」？這實在難以說清，但無論如何，在豐富的奇思妙想之外，卡爾維諾的作品總能教讀者一再細味，而這正是卡爾維諾作品的魅力所在。

卡爾維諾的奇想到底從何而來？撇除個人才情不說，從上面的兩部作品，我們可以看到，卡爾維諾的創作養分，經常來自一些經典作品，除了上文提及的《馬可．波羅遊記》和中世紀騎士小說，《看不見的城市》和《命運交織的城堡》兩部小說的框架——一人講一個故事的結構，實際可以追溯到卡爾維諾的祖國文學經典《十日談》[4]，而《十日談》儘管是經典，但他的故事結構也並非原創。有學者就指出，《十日談》的結構，其實是受其他作品啟發而來，而其中一本，就是《一千零一夜》（*One Thousand and One*

Nights）。在中世紀的時候，意大利一直扮演著協調阿拉伯世界與基督教世界溝通的中介角色，除了商品，阿拉伯的文化藝術，特別是文學，也都經由意大利傳入到西方世界。

卡爾維諾在《為什麼讀經典》說道：「經典就是比其他經典更早出現的作品；不過那些先讀了其他經典的人，可以立在經典作品的系譜中認出經典的位置。」[5] 卡爾維諾正好以他的作品，見證了這個觀點。

註

1｜意大利文學的新現實主義是一九三〇年代以後發展起來的一種文藝潮流，並在二次大戰後達至高峰。意大利新現實主義的出現，是對法西斯時期，意大利知識分子的消極態度的一種反動。在法西斯政權的統治期間，大部分意大利知識分子要不選擇噤聲，要不就只能以非常隱密的方式，來表達他們對現實的意見。因此，在二次大戰結束，法西斯政權垮台之後，意大利的知識分子有感於二次大戰的慘痛悲劇，痛定思痛，認為他們有需要積極關心社會問題；同時要儘可能面向公眾，通過文學作品、政治參與，以及介入公眾的文化和生活，啟蒙公眾，激發公眾的良知，藉此解決社會問題，特別是社會低下階層的貧窮問題，同時也對戰爭以及極權統治作出反思。

2｜或譯《新千年文學備忘錄》，是由卡爾維諾於一九八五年在美國哈佛大學演講時的講稿輯成書，講稿原定有六篇，但由於卡爾維諾在訪問其間忽然中風，並在十二天之後撒手人寰，因此書本僅收錄了五篇講稿。

3｜〔意〕卡爾維諾著，吳潛誠譯：《給下一輪太平盛世的備忘錄》（台北：時報文化，一九九六年），頁一八。

4｜這部經典，以十四世紀爆發黑死病的意大利城市佛羅倫斯為背景。故事講述十位佛羅倫斯的青年男女，為了逃避疫病，於是一起到了郊外的一幢別墅暫避。為了打發時間，他們讓每位成員每天都講一個故事，後來他們一共講了十天，共一百個故事。

5｜〔意〕卡爾維諾著，李桂蜜譯：《為什麼讀經典》（台北：時報文化，二〇〇五年），頁六。

Se una notte d'inverno un viaggiatore

23

尋找生命的依歸——井上靖的《敦煌》

「只有當深深隱藏在內部、如生命般的東西開始活動時，命運才會浮現出妖艷、會心的微笑。」

——井上靖《樓蘭》

YASUSHI INOUE
1907-1991

趙行德從夢中醒來，本來擠滿庭院的殿試考生都已不知所終，只剩下一位穿著朝服的官員以輕蔑的眼神瞪著他。「殿試……」行德想詢問那官員，但對方只用鼻子哼了一聲，就不再反應。行德頓時明白，自己苦讀多年，一直奮力追求的人生目標，已因一個瞌睡而化作泡影。

趙行德在北宋的汴京城內失神游走，恍如一具丟失了魂魄的行屍，因為多年來，他的人生完全就只是為了考試而努力，從沒有思考過除此之外，人生還有甚麼意義和可能。現在這個終極目標斷然消失，他實在不知道往後的日子該怎樣活，腦海一片茫然。

忽然，他看到路上圍了堆人，人群中央有一對西域男女，女的一絲不掛，男的則拿著一把刀叫賣，說自己可以削下女人身上任何一塊肉出售。男人叫賣了一陣，見圍觀的人面帶疑惑，於是，為了讓圍觀者知道他說得出做得到，他竟然真拿刀剁下女人的一根手指！

群眾看到這個情景都驚懼不已，倒是那西域女子依然一臉倔強，強忍疼痛，毫不示弱。看到這一幕，趙行德立即動了惻隱之心，擠到前面，替女子贖身。

西域女子死裡逃生，卻倔強依然，她對行德並無感激之情，只將身上一塊寫有西夏文字的布片交給行德，就算是兩訖了。

看著布片上既像漢字卻又完全看不懂的西夏文字，行德感到既納悶又好奇。行德知道，一個文明必須達到相當高度，才能產生文字；西夏能夠創造文字，說明西夏文明已達到相當水平，可是宋國的大部分人，尤其是知識分子，竟然對這個文明、這些獨特的文字一無所知，實在教人擔憂。

行德嘗試將布片拿給一位德高望重的老儒生看，但對方不但無法解讀這些文字，而且還說：「西夏即使做出文字，也無法成為甚麼優秀文明，蠻夷始終也只是蠻夷。」[1]老儒生如此斷言，但趙行德卻不同意。行德相信，創造出這文字的西夏文明，說不定有其值得了解、觀摩的地方，而這信念更與那西夏女子獨特的倔強身影結合，漸漸變成一股神秘力量，鼓勵趙行德放棄了奉行多年的人生觀、價值觀。最終，他決定想辦法走向西域這片陌生的土地，展開一個嶄新且充滿戲劇性的人生。

以上，就是井上靖的小說《敦煌》的開首部分。

小說《敦煌》裡的趙行德，可說有不少井上靖的影子。井上靖自小就對中國歷史文化極感興趣，而在中國歷史，特別是交通和宗教史上屢屢扮演關鍵角色的西域，更是井上靖好奇且迷戀的地域。

一九五〇年代，井上靖辭任每日新聞社後，便開始大量參閱敦煌的歷史、文化、地理及經濟活動等資料，一口氣寫出了一批以西域為題材的歷史小說。創作這些小說時，井上靖尚未有機會到西域作實地考查，但憑藉作家的天賦和他在文獻方面所下的工夫，井上靖筆下的西域可謂充滿實感。

井上靖推廣敦煌文化，可謂不遺餘力。七十三歲那年，井上靖不懼艱辛，與中日兩國的攝製隊踏上絲路，在戈壁沙漠嚴苛的條件下，拍攝大型紀錄片《絲綢之路》，並在日本掀起了一陣敦煌熱。至於小說《敦煌》於一九八八年更獲德間書店拍攝成電影，更在二十多個國家上映，讓敦煌成為了國際文化界的熱門話題。

井上靖的代表作，有不少都是歷史小說，例如敘述日本戰國名將武田信玄一生的《風林火山》；講述中日文化交流，以鑒真和尚為主人公的《天平之甍》；還有以西域神秘國度樓蘭為題材的《樓蘭》；又或者以萬世師表孔子為主人公，一邊講述孔子傳奇一生，一邊介紹儒家思想的《孔子》等，然而眾多作品中最為經典的，相信還是《敦煌》。《敦煌》之所以別樹一幟，除了由於它曾在文化界引起重大迴響，還因為它道出了一個深刻的主題——人可以（也應該）抗拒時代和社會所加給我們的主流價值觀和生活模式，為自己的生命尋找一個獨特且遵循自己意願的依歸。

井上靖作品的價值和地位，在今天已可說是備受肯定，而且也廣為不少讀者所認識，可是在步上創作路的初期，井上靖的處境，其實一點都不容易。

井上靖自中學時代開始投稿，一九三六年自京都帝國大學畢業後，就於同年八月進入大阪的每日新聞社的學藝部工作，跟文字所結的緣愈來愈深。可是隨著日本對華侵略不斷擴大，井上靖於一九三七年八月被徵召入伍，派往華北。四個月之後，井上靖因腳氣病入院治療。一九三八年一月，井上靖返回日本後退役，返回大阪每日新聞社學藝部，然後在工作的同時，積極從事詩歌創作，及後更逐步拓展到小說的領域。

井上靖最早獲得肯定的小說是《獵槍》和《鬥牛》，許多人都以為，像井上靖這樣別具才華的小說家，他的創作道路一定會較一般人平坦順利，實則不然。

據當時尚為井上靖下屬、日後同樣成為一代優秀小說家的山崎豐子憶述，在《獵槍》和《鬥牛》等作品得到肯定之前，井上靖一直過著非常艱苦的生活，而他對於自己是否適合寫小說一事，也感到十分困惑。

「我們經常是三、四個人同路回家，某天，只剩我與井上先生兩個人。當我們走過大阪車站前面，經過黑市喧囂的人群時，他用疲累的聲音說道：『又落選了。我投稿了《人間》的新人小說獎——。我大概不行了吧。』」[2]

這篇投稿，就是在一年後，被刊登在《文學界》上，獲得了極大迴響的《獵槍》，可是在作品尚未受到肯定的這一年，井上靖恐怕也不無迷惘。

在聽到井上靖的慨嘆之後，山崎豐子由於讀過井上靖的《獵槍》，所以她嘗試鼓勵對方說：「那是《人間》的總編輯太不識貨了，如果井上先生無法成為作家，那麼誰才稱得上作家呢！」[3]

井上靖在聽過這話之後，「沉默了一陣，只說了一句『謝謝』。」[4]也不知道，山崎豐子的話，是否真的能夠幫他挽回自信……

是的，在這段小說創作尚未得到肯定的時間，井上靖的生活其實一點都不容易。當時「他每天早上五點起床，寫了小說之後才去上班。並且他時常在背包中放滿自己收藏的書，到大阪南站地下街的萬字屋書店，把書賣了，再拿著這筆錢，到大阪車站的黑市，買米回家。在這個時代，許多人奔走到鄉下買米，為了保留寫小說的時間，他並不出去買米，而是拿書去換成米。」[5]

井上靖這個刻苦的形象，鮮明地烙在了山崎豐子的腦海，以致山崎豐子不無感慨地說：「我在此見識了所謂文學，是多麼嚴苛且可怕。」[6]不過，儘管如此，井上靖的艱難形象卻沒有讓山崎豐子對文學創作卻步；相反，在井上靖誠意的鼓勵下，山崎豐子真的也開始踏上了小說創作的艱苦路途。山崎豐子後來辛苦耕耘了七年，才完成了處女作《暖簾》，而在寫作這部作品的期間，井上靖辛勤創作的身影，不斷激勵著她：「寫小說這件事，比起要寫得巧妙，更重要的是必須持續著熱情及耐力。好幾次我都想放手，但此時又會想起井上靖先生，他為了不減少寫小說的時間，而背著放滿書的背包行走的模樣，以及他在進入文壇前，早已寫作四千張稿紙的小說這項事實。花了七年的時間，我總算寫出了處女作品《暖簾》。」[7]

隨著《暖簾》於一九五七年面世後所引起的迴響，山崎豐子於翌年獲《中央公論》邀請連載小說，而這部連載作品《花暖簾》後來更獲得了直木賞。當《花暖簾》獲獎後，井上靖向山崎豐子發送了一份快遞，內附兩行寫在稿紙上的話：[8]

恭喜獲得直木賞
歸途之橋已燒燬

井上 靖

山崎豐子認為，井上靖這樣跟她說，是因為她並「從未經過同人誌和新人小說獎的鍛煉」，因此提醒她必須要有身為作家的覺悟。後來山崎豐子也沒有辜負井上靖的鼓勵，一直創作，而且期間先後完成了《白色巨塔》、《華麗一族》等膾炙人口的作品，而直到二〇一三年山崎豐子八十九歲去世的的時候，她仍在創作《約定之海》；至於井上靖，與昔日激勵他創作小說的山崎豐子亦一樣，直至一九九一年去世之前，他仍然孜孜不息地筆耕不斷。

井上靖有不少作品，都以一些意志非常堅定的文化英雄為主人公，這些人物包括《天平之甍》裡面，為了到日本弘揚佛法，六次東渡以致失明的鑒真和尚；《千利休：本覺坊遺文》裡面，被天下霸主豐臣秀吉無端賜死的日本茶聖千利休；《孔子》裡面，為了勸說諸侯，推廣儒家主張和信念的孔子；以及《敦煌》裡面，本來對西域一無所知，只以考科舉為人生目標，卻在命運安排下，遇上了西域文化，最後更輾轉去到敦煌，並在沙洲城陷落前將佛經隱藏起來，象徵著歷史上那些無名文化英雄的虛構角色趙行德。這些人物，跟情節小說的那些英雄角色十分不同，他們大都沒有令人炫耀的形象，而他們的遭遇，儘管也充滿戲劇性，但並非緊張刺激、充滿張力，教人透不過氣的冒險。然而這些人物，卻因為他們對文化和自身所選擇的命運懷著一種執著，而有一種非一般情節小說角色所能夠比擬的魅力和感染力，讓讀者在閱讀這些作品時，也不期然對文化產生一種趨鶩之情，而這種心理轉化，有時可以潛藏在讀者的心裡多年，直到我們回首思索，才發現自己不期然地受到了井上靖的影響。

我在圖書館發現《敦煌》的那一年，正值準備會考的迷惘之年。

除了指定的路途，人生是否還有其他的可能？

趙行德於小說開首和結尾的形象，多年來不斷莫名地縈繞在我的腦海。後來，當我到巴黎留學，跟一位朋友談起這部小說時，我才發現，原來趙行德的故事，一直在潛意識裡，引導我踏上了文藝行腳的路途。

註

1 —〔日〕井上靖著，鄭民欽譯：《敦煌》（合肥：安徽文藝出版社，一九九八年），頁四一。

2 —〔日〕山崎豐子著，王文萱譯：《山崎豐子自述：我的創作．我的大阪》（台北：天下雜誌股份有限公司，二〇一一年），頁二七。

3 — 同上。

4 — 同上。

5 — 同上。

6 — 同上，頁二八。

7 — 同上。

8 — 原文為「直木賞受賞おめでとう／橋は焼かれた」，而據說這兩句話，其實是來自井上靖在一九四九年獲得芥川賞時，佐藤春夫贈送給他的話：「橋はすでに焼かれた。あとは斬死するばかりでしょう」。

24

昭和時代的畫卷——山崎豐子的「植林小說」

「我喜歡小說喜歡到不可自拔。」

——山崎豐子《再也沒有比小說更有趣的了》

TOYOKO YAMASAKI

1924-2013

下榻的地點，因為會議而被安排了在天王寺，但儘管如此，如果不是文學，我在大阪觀光之旅的路線，或許還是會跟其他的遊客相差無幾，例如率先造訪大阪城，然後再到道頓崛和心齋橋？實在不得而知。

在步入大阪街區的時候，我忽然意識到，自己竟不斷期待著，想跟一種店舖相遇。怎會這樣呢？要是平時，我肯定不會對那商品產生太大興趣，但我卻在大阪的街道上東顧西盼，期望見到那種商店。這種有趣的期待，肯定是從山崎豐子的《暖簾》而來，否則好端端一個初次造訪大阪的遊客，又怎麼會在已經踏入了令和元年幾個月的日本，仍然如此執著地，冀望要跟昭和時代家族式的昆布店相遇……

現在知道山崎豐子的讀者，大都是從她的影視改編作品而認識她，而這些讀者，相信更涵蓋了不同世代的年齡層。因為自從山崎豐子的首部長篇小說《暖簾》於一九五七年出版之後，她的作品，就不斷被改編成影視作品，其中《女系家族》自一九六〇年代初期小說甫一出版起，平均每十年，就獲拍攝一至兩次；其他像《白色巨塔》、《華麗一族》等熱門作品，也屢屢獲改編為影視作品，並且每次都得到觀眾和社會的關注，實在讓許多作家羨慕不已。

擁有如此成就，許多人都以為，山崎豐子的創作生涯，肯定是在青少年時期已經展開，並且一早立志要成為作家，但事實並非如此。

於一九二四年在大阪市出生的山崎豐子，在出版她的處女作《暖簾》時，其實已經三十三歲。在此之前，山崎豐子並沒有作過甚麼作家夢，甚至連她之前選擇加入每日新聞社從事文字工作，也純粹只是為了逃避戰爭的徵召；而她在報館所擔任的崗位，也不是那種充滿幹勁的突發記者，而是專門書寫企劃相關的調查報導，箇中原因，是她的寫作速度不快。

是的，跟今天基於商業出版需要，或者講求引起話題、爭取曝光率的作者不同，山崎豐子的作品數量儘管也算豐富，但她的寫作速度，實在算不上快。中譯本大約二百頁的處女作《暖簾》，山崎豐子就花了七年時間書寫。不過，這並非意味著，山崎豐子不具有快速寫作的能力，因為她的第二部作品《花暖簾》，就在《暖簾》出版後的第二年完成[1]，並且獲得了日本大眾文學的一大殊榮——直木賞。

那麼為甚麼要慢速寫作？為甚麼作品會花上那麼多時間？

答案是，收集和查證資料。

「我若沒有先設定結局，便無法寫下去呢。是先求最後，接著思考中間，再考慮開頭的。因此開始書寫小說之前，就需要花上六個月到一年的時間。《華麗一族》便花了十個月呢，在開始動筆之前。」[2]

而這些準備的資料，之後更不一定用得上。以《華麗一族》為例，山崎豐子本來設定要寫的行業，是鋼鐵業而非銀行業，於是她就花了三個月去調查鋼鐵業的詳情；但這些資料，後來卻因為山崎豐子一邊調查、一邊構想之後，發現鋼鐵業與設定的主人公萬俵大介低調的形象不合，因此而悉數棄用。

除了故事和人物設定外，在情節鋪排方面，山崎豐子也同樣一絲不苟。為了讓《華麗一族》的故事發展更具驚喜，山崎豐子執意要為小說安排銀行之間「以小吃大」的合併情節；而為了構思這情節，她就跟設定故事、人物時一樣，查考許多資料，並且通過她記者工作的人際網路，去訪問行內人士，窮究行業內幕，以推敲出一切能達到期望情節和故事效果的可能性，而為了梳理出適合這段情節的銀行合併方式，她就花了兩個月的時間。

這些事例，其實充分說明了，山崎豐子的小說之所以能在人物塑造上如此突出，情節鋪排如此緊密，實有賴於作者所下的苦功和精益求精的態度。

對山崎豐子而言，理想的小說，「必須要讓人覺得有趣、有意思，讀完後能夠獲得感觸才行。因此，其中的巧妙正如製作盆栽——本來直挺挺的枝幹，透過作者自在地變化，結果，讓讀者能夠像看圖一般感受趣味，並且能夠在閱畢後，帶來強烈的人生感觸，若能做到這樣，便能稱作為精彩的小說吧。」[3]

然而，山崎豐子卻很謙卑地說，她自己的小說，未必能夠具備這三項要素。她在直木賞的得獎感言裡曾經這樣說過：「我無法寫出像栽種盆栽那般枝葉繁盛、平整且漂亮的小說，而我也未曾想過要試著去寫。我想寫的是，像在光禿禿的山上，將樹一株一株植下的『植林小說』。至於植樹素材，我想繼續書寫大阪的天空、河川，以及人們，對我來說，在自己成長的土地上觀察人類，是最能夠確實掌握的方式。」[4]

山崎豐子早期的作品，確實如她所說，以大阪的人和物為主，例如以昆布批發商為藍本的處女作《暖簾》；寫大阪商人遺孀，為挽救亡夫事業而沿街推銷棉布的《花暖簾》；寫關西一所大學外科醫生——財前五郎，為了爭權而妄顧病人生命的《白色巨塔》；以及以大阪棉布批發老字號——矢島家族，因入贅店主矢島嘉藏去世，而觸發爭產風波的

《女系家族》等作品都是典型的例子。

在這些小說裡，山崎豐子除了展現不少女性作家都所具備的細膩觸覺外，還鮮明地將大阪人典型的拚搏進取、現實反覆的性格深刻地描繪出來。在山崎豐子的筆下，大阪人這種個性一方面讓他們在事業，特別是商業方面卓然有成，但同時又讓他們盲目地追求事業方面的成就，而失去了生活的焦點，甚至出現扭曲的人性。

山崎豐子論及同代的日本文學時，曾說過：「在市民生活的思考及行動當中，現在的我，最有興趣的課題是關於人類對金錢的慾望。代表人類本能的三種慾望，分別是性慾、名譽慾、及金錢慾，一般日本小說，時常描寫性慾及名譽慾，但似乎很少描寫金錢慾。這件事我一直無法理解。」[5]

回顧山崎豐子的作品題材，確實有不少是圍繞著這三種慾望發展，而其中金錢慾往往是貫穿故事，成為了連結並激發其他兩種慾望的樞紐。對於金錢慾有這種敏銳的觸覺，或許跟山崎豐子成長於大阪這個重商的城市有關。山崎豐子的小說，經常會述及地方如何塑造人的精神氣質，不過，這並不代表，山崎豐子就否定後天對人的成長個性的影響，特別是一些扭曲的個性。

在山崎豐子的作品裡，人的扭曲個性，並不完全是先天的，而是由後天的社會、家庭風俗塑造出來，例如《女系家族》裡，矢島家族的女性，特別是女兒們對父親嘉藏的態度，以及三姊妹間的猜忌，就將這意念表現得很明確。長女藤代小時候到同學的家，發現同學的父親都能隨意斥罵女人，跟家裡「形同影子」的父親不同，所以「有一種特殊的新鮮感」，因此特別喜歡到這些同學的家去；但久而久之，新鮮感沒了，取而代之的是「一種說不上來的不快」，後來在母親的耳濡目染下，藤子也在家中學著頤指氣使了起來。至於三姊妹的疏離關係，也是由於幼時分別放在各自的房間，由不同的乳母和女傭單獨照顧所致，而這種養育方式並非偶然，而是「為了維繫女系家族特有的傳統和秩序」，而特意要將三姊妹養成「沒有骨肉之情，只有孤獨和自負和好勝的性格」。矢島一家就似是大阪人的縮影，他們的成功之處也正正是他們的失敗之處。

除了寫大阪人，山崎還寫了幾部小說，來講述國際框架下，昭和時代的日人處境，它們分別是講述原日本大本營參謀壹岐正，被囚於西伯利亞集中營多年後，返回日本投身商戰的《不毛地帶》；講述日系移民在珍珠港事件後，被抓到集中營虐待，並出現身份認同危機的《兩個祖國》；還有描寫中日戰爭後，日裔殘留孤兒故事的《大地之子》。這些作品雖然都是大部頭的作品，但從小說的題材，以及成稿的篇幅，就可看出山崎在創作這些作品時，作了極之精心的剪裁。否則，這些作品的篇幅，恐怕將會是現時的兩倍或更多。

山崎的作品，以精確見稱，小小的故事，背後往往都做了極多的資料收集和採訪。寫《白色巨塔》時，山崎就為了了解開刀的情境而特意到大阪外科大學旁聽兩年，並為了寫小說中的訴訟情節，而諮詢過許多法律專家。肯下苦功收集資料的作家其實不少，但能夠像山崎豐子那樣，將大量資料舉重若輕地鑲嵌到小說裡的作家卻不多。

山崎豐子出眾的調動資料能力，相信跟她從事了十五年的記者生涯有關。一九四四年，山崎豐子於舊制京都女子專門學校國文系畢業後，入了每日新聞社工作。翌年，她被調往學藝部（即藝文版），而當時的副部長，就是日後赫赫有名的歷史小說家井上靖，山崎豐子的小說創作，也就由這裡開始。

一天，井上靖讀完山崎豐子的〈昭和女工哀史〉的報導，對山崎豐子讚賞道：「山崎小姐，妳調查得不錯」，於是二人就打開了話匣子，山崎豐子因而得知井上靖正在寫小說。後來井上靖從每日新聞社離職的時候，鼓勵山崎豐子說：「妳也寫小說吧。人們若寫作自己的生涯或家庭，無論是誰，一生中至少都能夠寫出一篇小說的。」[6]

結果，山崎豐子就開始構思她的《暖簾》，而且寫了不止一篇的傑作。

註

1—《花暖簾》在相對短時間之內完成的原因，或許是由於它在素材上，跟《暖簾》有不少交匯之處；此外《花暖簾》是在《中央公論》以連載的方式發表，而這也無疑是推動山崎豐子在短時間內完成作品的因素。

2—【日】山崎豐子著，王文萱譯：《山崎豐子自述：我的創作．我的大阪》（台北：天下雜誌股份有限公司，二〇一一年），頁二四九。

3—同上，頁二四一。

4—同上，頁四〇。

5—同上，頁二四二。

6—同上，頁二八。

小説ほど面白い
ものはない

後記

《異國文學行腳》得以誕生，實在經歷了一段奇妙的因緣。

誠如序中提及，《異國文學行腳》裡各篇章的藍本，乃來自二〇一五至二〇一八年作者在《星島日報》（校園版）副刊《S-File》的「文豪時代」專欄。該專欄得以出現，實在多虧當時的副刊記者 Mika Lin 小姐的牽線，還有編輯柯穎霖小姐對寫作計劃的支持，並先後在欄目開設的首階段和結束的最後階段擔任責任編輯。專欄連載的三年間，稿件能夠順利刊出，實在要多謝柯小姐以及另外兩位責任編輯——周怡玲小姐和白靜薇小姐一直不辭勞苦地提醒、鼓勵和校閱。當時每期刊出的文稿，欄目均有度身訂做的精美版式，並且配上了插圖、作家生平、作品資料，以及作家的名句，整個專欄都非常賞心悅目，這種對作者和文稿的貼心照顧，實在是作者得以持續撰稿的最大動力。

「文豪時代」的稿件能夠修訂、增編，最後整理成書，也全賴三聯書店編輯團隊的體貼跟進。《異國文學行腳》的出版計劃，雖然已醞釀多年，但礙於工作和生活的種種限制，作者一直未能落實整理稿件的工作。雖然出版進度一再延後，然而統籌出版的編輯李毓琪小姐始終不離不棄，一直體諒和鼓勵，並在編輯全書時對作者予以極大的信任、自由和空間，在此謹向李小姐致以深深的謝意。本書的出版過程裡，作者對書名、主題、內容、篇目以及設計，都作了多番修訂和擴寫，這無疑大大增添了編輯的工作負擔，然而責任編輯劉穎琳小姐仍然不辭勞苦，耐心理解作者的想法，盡力協助作者落實各種構想，並且妥貼地協助作者與編輯團隊及設計師溝通，實在非常感激。這次出版，能夠再由姚國豪先生幫忙設計，真是一件非常愉快的事。初次認識姚先生，是在二〇二一年拙作《Footnotes》再版的時候，姚先生敏銳的設計觸覺，以及誠心聽取作者想法的工作態度，均讓作者留下了深刻的印象，本書能夠以獨特的形象出版，實在感謝姚先生的努力。

將「文豪時代」修訂成《異國文學行腳》的過程裡，由於書中資料繁多，而作者檢閱自己的稿件，又往往容易出現錯漏，這對作者而言，可說構成了不少的挑戰。幸而有幾位熱心且可靠的學生，願意付出精神和時間，幫忙校閱稿件，並屢屢為了查證文中一些極細微的資料，到圖書館比對不同的資料，在此作者特別向張彩芬、李志瑩、陳翠珊、馮欣茵、吳裕殷、李俊瑩幾位同學致謝。

謹將本書獻給我的父母，沒有他們多年的默默支持和包容，我不可能看得那麼多、走得那麼遠，也恐怕不會有機會跟許多的師友結緣。

文學行腳的旅途曾讓我得以細看和欣賞種種熟悉和異國的風景，而在這許許多多的風景之中，最動人的，始終是人。

7 février 2022

à Hong Kong

附錄 作家列表

作家名稱	國族	生卒年份
司各特（Walter Scott）	蘇格蘭	1771-1832
霍夫曼（E.T.A. Hoffmann）	德國	1776-1822
巴爾札克（Honoré de Balzac）	法國	1799-1850
雨果（Victor Hugo）	法國	1802-1885
霍桑（Nathaniel Hawthorne）	美國	1804-1864
波特萊爾（Charles Baudelaire）	法國	1821-1867
福樓拜（Gustave Flaubert）	法國	1821-1880
莫泊桑（Guy de Maupassant）	法國	1850-1893
屠格涅夫（Ivan Turgenev）	俄羅斯	1818-1883
托爾斯泰（Lev Nikolayevich Tolstoy）	俄羅斯	1828-1910
普魯斯特（Marcel Proust）	法國	1871-1922
以撒・辛格（Isaac Bashevis Singer）	美籍猶太人	1903-1991
以色列・拉邦（Israel Rabon）	波蘭猶太人	1900-1941
馬爾羅（André Malraux）	法國	1901-1976
杜拉斯（Marguerite Duras）	法國	1914-1996
保羅・奧斯特（Paul Auster）	美籍猶太人	1947-
里爾克（Rainer Maria Rilke）	奧地利	1875-1926
佩索阿（Fernando Pessoa）	葡萄牙	1888-1935
博爾赫斯（Jorge Luis Borges）	阿根廷	1899-1986
普雷維爾（Jacques Prévert）	法國	1900-1977
卡爾維諾（Italo Calvino）	意大利	1923-1985
井上靖（Yasushi Inoue）	日本	1907-1991
山崎豐子（Toyoko Yamasaki）	日本	1924-2013

參考資料

中文

1. [法]巴爾扎克著，梁均譯：《驢皮記》，北京：人民文學出版社，一九八二年。
2. 白先勇著：《暮然回首》，台北：爾雅出版社，一九七八年。
3. [美]保羅·奧斯特著，江孟蓉譯：《紐約三部曲》，台北：皇冠文化，一九九八年。
4. [美]保羅·奧斯特著，林靜華譯：《巨獸》，台北：皇冠文化，二〇〇八年。
5. [美]保羅·奧斯特著，李靜宜譯：《紐約三部曲》。台北：天下遠見出版社，二〇一〇年。
6. [阿]博爾赫斯著，陳重仁譯：《博爾赫斯談詩論藝》，台北：時報文化，二〇〇一年。
7. [阿]博爾赫斯著，王永年譯：《博爾赫斯全集》，杭州：浙江文藝出版社，二〇〇六年。
8. [法]波特萊爾著，亞丁譯，郭宏安點校：《巴黎的憂鬱》，南寧：灕江出版社，一九八三年。
9. [法]波特萊爾著，莫渝譯：《惡之華》，台北：志文出版社，一九八六年。
10. [法]波特萊爾著，錢春綺譯：《惡之花》，北京：人民文學出版社，一九八六年。
11. 陳燊編選：《歐美作家論托爾斯泰》，北京：中國社會科學出版社，一九八三年。
12. 程抱一著：《和亞丁談法國詩》，台北：純文學出版社，一九七〇年。
13. 程抱一著：《和亞丁談里爾克》，台北：純文學出版社，一九七二年。
14. [法]杜拉斯著，王道乾譯：《廣場》，上海：上海譯文出版社，二〇〇五年。
15. [法]杜拉斯著，王道乾譯：《情人》，上海：上海譯文出版社，二〇〇五年。
16. [法]福樓拜著，胡品清譯：《波法利夫人》，台北：志文出版社，一九七八年。
17. [法]福樓拜著，李健吾譯：《包法利夫人》，台北：桂冠圖書，一九九四年。
18. [法]亨利·特羅亞著，申華明譯：《莫泊桑傳》，北京：商務印書館，二〇一九年。
19. [德]霍夫曼著，韓世鍾等譯：《霍夫曼志異小說選》，南京：江蘇人民出版社，一九八五年。
20. [德]霍夫曼著，王印寶等譯：《世界文學經典名著：霍夫曼短篇小說選》，長沙：湖南文藝出版社，一九九六年。
21. [美]霍桑著，余士雄譯：《霍桑名作精選》，北京：作家出版社，一九九七年。

22. 〔美〕霍桑著，蘇福忠譯：《紅字》，上海：上海譯文出版社，二〇一一年。
23. 〔日〕井上靖著，劉慕沙譯：《樓蘭》，台北：遠流出版社，一九九一年。
24. 〔日〕井上靖著，王玉玲等譯：《孔子》，瀋陽：春風文藝出版社，一九九一年。
25. 〔日〕井上靖著，張蓉蓓譯：《天平之甍》，台北：花田文化，一九九五年。
26. 〔日〕井上靖著，鍾肇政譯：《敦煌》。台北：花田文化，一九九五年。
27. 〔日〕井上靖著，鄭民欽譯：《敦煌》，合肥：安徽文藝出版社，一九九八年。
28. 〔日〕井上靖著，吳繼文譯：《我的母親手法》，台北：無限出版社，二〇一三年。
29. 〔意〕卡爾維諾著，王志弘譯：《看不見的城市》，台北：時報文化，一九九三年。
30. 〔意〕卡爾維諾著，吳潛誠譯：《給下一輪太平盛世的備忘錄》，台北：時報文化，一九九六年。
31. 〔意〕卡爾維諾著，倪安宇譯：《巴黎隱士》，台北：時報文化，一九九八年。
32. 〔意〕卡爾維諾著，紀大偉譯：《蛛巢小徑》，台北：時報文化，一九九九年。
33. 〔意〕卡爾維諾著，李桂蜜譯：《為什麼讀經典》，台北：時報文化，二〇〇五年。
34. 〔奧〕里爾克著，綠原譯：《里爾克詩選》，北京：人民文學出版社，一九九六年。
35. 〔奧〕里爾克著，綠原、張黎、錢春綺譯：《里爾克散文選》，天津：百花文藝出版社，二〇〇二年。
36. 李賦寧主編：《歐洲文學史（第二卷）》，北京：商務印書館，二〇〇一年。
37. 李賦寧主編：《歐洲文學史（第三卷上）》，北京：商務印書館，二〇〇一年。
38. 李賦寧主編：《歐洲文學史（第三卷下）》，北京：商務印書館，二〇〇一年。
39. 〔法〕羅伯—格里耶著，余中先譯：《為了一種新小說》，湖南：湖南文藝出版社，二〇一一年。
40. 〔法〕馬爾羅著，江思譯：《希望》（頁一至一四八），《星島日報．星座》第九六一至一一一六期，一九四一年六月十六日至十二月八日。
41. 〔法〕馬爾羅著，李憶民、陳積盛譯：《人的命運》，北京：作家出版社，一九八八年。
42. 〔法〕馬爾羅著，周克希譯：《王家大道》，上海：上海譯文出版社，一九九七年。
43. 〔法〕馬塞爾．普魯斯特著，李恒基等譯：《追憶似水年華》（全七冊），台北：聯經出版公司，一九九八年。
44. 〔法〕馬塞爾．普魯斯特著，李恒基等譯：《追憶似水年華》（全七冊），台北：聯經出版公司，二〇一五年。
45. 〔法〕莫泊桑著，胡南馨譯：《莫泊桑短篇全集》（全四冊），台北：志文出版社，一九八八年。

46. 〔法〕莫泊桑著，柳鳴九等譯：《莫泊桑精選集》，濟南：山東文藝出版社，一九九七年。

47. 〔葡〕佩索阿著，韓少功譯：《惶然錄》，上海：上海文藝出版社，二〇一九年。

48. 〔法〕普雷維爾著，陳瑋譯，樹才、秦海鷹編：《話語集》，上海：上海人民出版社，二〇一〇年。

49. 〔日〕山崎豐子著，婁美華等譯：《白色巨塔》，台北：麥田出版，二〇〇四至二〇〇五年。

50. 〔日〕山崎豐子著，王蘊潔譯：《白色巨塔》，台北：商周出版，二〇〇五年。

51. 〔日〕山崎豐子著，邱振瑞譯：《女系家族》，台北：麥田出版，二〇〇六年。

52. 〔日〕山崎豐子著，涂愫芸譯：《華麗一族》，台北：皇冠文化，二〇〇七年。

53. 〔日〕山崎豐子著，邱振瑞譯：《暖簾》，台北：麥田出版，二〇〇八年。

54. 〔日〕山崎豐子著，邱振瑞譯：《花暖簾》，台北：麥田出版，二〇〇八年。

55. 〔日〕山崎豐子著，王文萱譯：《山崎豐子自述：我的創作．我的大阪》，台北：天下雜誌股份有限公司，二〇一一年。

56. 〔蘇〕司各特著，賴以立譯：《撒克遜英雄傳》，台北：志文出版社，一九八五年。

57. 〔蘇〕司各特著，楊恒達譯：《司各特精選集》，濟南：山東文藝出版社，一九九八年。

58. 〔法〕司湯達著，郭宏安譯：《紅與黑》，江蘇：譯林出版社，一九九四年。

59. 童道明著：《閱讀俄羅斯》，上海：上海三聯書店，二〇〇八年。

60. 〔俄〕托爾斯泰著，劉遼逸譯：《戰爭與和平》（上下冊），北京：人民文學出版社，一九八九年。

61. 〔俄〕托爾斯泰著，草嬰譯：《安娜．卡列尼娜》（上下卷），上海：上海遠東出版社、北京：外文出版社，一九九七年。

62. 〔俄〕屠格涅夫著，趙景深譯：《羅亭》，上海：商務印書館，一九二八年。

63. 〔俄〕屠格涅夫著，豐子愷譯：《獵人筆記》，北京：人民文學出版社，一九五五年。

64. 〔俄〕屠格涅夫著，馮春譯：《獵人筆記》，上海：上海譯文出版社，二〇〇二年。

65. 〔俄〕屠格涅夫著，徐振亞等譯：《羅亭》，台北：商周出版，二〇〇六年。

66. 〔美〕Woodall, James 著，梁永安譯：《書鏡中人：波赫士的文學人生》，台北：邊城出版，二〇〇五年。

67. 冉雲飛著：《尖銳的秋天：里爾克》，成都：四川人民出版社，一九九八年。

68. 〔美〕雅各．瑞德．馬庫斯著，楊波等譯：《美國猶太人（一五八五—一九九〇年）——一部歷史》，上海：上海人民出版社，二〇〇四年。

69. ［美］以撒・辛格著，彭歌譯：《蕭莎》，台北：大地出版社，一九八〇年。

70. ［美］以撒・辛格著，劉紹銘譯：《傻子金寶》，台北：大地出版社，一九八三年。

71. ［美］以撒・辛格著，吳佩珊譯：《有錢人不死的地方》，台北：遊目族文化事業股份有限公司，二〇〇〇年。

72. ［美］以撒・辛格著，黃瑛子譯：《蕭莎》，台北：天下文化，二〇〇一年。

73. ［美］辛格著，方平等譯：《艾・辛格的魔盒——艾・辛格短篇小説精編》，北京：中央編譯出版社，二〇〇六年。

74. ［美］以撒・辛格著，王欣榆譯：《山羊茲拉提》，台北：格林文化，二〇一五年。

75. ［英］以賽亞・柏林著，呂梁等譯：《浪漫主義的根源》，南京：譯林出版社，二〇〇八年。

76. 飲江著：《於是你沿街看節日的燈飾》，香港：呼吸詩社，一九九七年。

77. 飲江著：《於是搬石你沿街看節日的燈飾》，香港：文化工房，二〇一〇年。

78. ［法］雨果著，鄭永慧譯：《九三年》，北京：人民文學出版社，一九五七年。

79. ［法］雨果著，趙香娟譯：《悲慘世界》，成都：四川人民出版社，二〇一九年。

英文

1. Auster, Paul. *The New York Trilogy*. London: Faber & Faber, 1987.

2. Auster, Paul. *The Invention of Solitude*. London: Faber & Faber, 1989.

3. Auster, Paul. *Leviathan*. London: Faber & Faber, 1992.

4. Calvino, Italo, and M. L. McLaughlin. *Why Read the Classics?* Toronto: Vintage Canada, 2000.

5. De Balzac, Honoré. *The Wild Ass's Skin*. Translated by Ellen Marriage, London: J.M. Dent & Sons, 1906.

6. Gorky, Maksim. *Reminiscences of Leo Nikolaevich Tolstoy*. Translated by Leonard Woolf, Folcroft: Folcroft Library Editions, 1977.

7. Hawthorne, Nathaniel. *The scarlet letter a romance*. Peterborough: Peterborough, Ont.: Broadview Press, 1998, c1995.

8. Millington, Richard H.. *The Cambridge Companion to Nathaniel Hawthorne*. Cambridge, U.K.; New York: Cambridge University Press, 2004.

9. Pessoa, Fernando. *The Book of Disquiet*. London: Penguin Books, 2015.

10. Singer, Isaac Bashevis. *Love and Exile: Including a Little Boy in Search of God, A Young Man in Search of Love, Lost*

in America, and a New Introduction "The Beginning". New York: Farrar, Straus and Giroux, 1986.

法文

1. Adler, Laure. *Marguerite Duras*. Paris: Gallimard, 1998.
2. Andry, Marc. *Jacques Prévert*. Paris: Editions de Fallois, 1994.
3. Baudelaire, Charles. *Les Fleurs du mal*. Paris: Flammarion, 1991.
4. Baudelaire, Charles. *Le Spleen de Paris: (petits poèmes en prose)*. Paris: Librairie générale française, 2008.
5. Cate, Curtis. *Malraux*. Translated by Marie-Alyx Revellet, Paris: Perrin, 2006.
6. Crespo Ángel. *Vies De Fernando Pessoa*. Edited by Samuel Brussell. Translated by Piwnik Marie-Hélène, Monaco: Éditions Du Rocher, 2004.
7. De Balzac, Honoré. *Le Peau de chagrin*. Paris: Gallimard, 2009.
8. De Maupassant, Guy. *Correspondance*, tome I. Évreux: Le Cercle du bibliophile, 1973.
9. De Maupassant, Guy. *Pierre et Jean*. Paris: Paul Ollendorff, Éditeur, 1888.
10. De Maupassant, Guy. *Pierre et Jean*. Paris: Librairie générale française, 1993.
11. De Maupassant, Guy. *Une Vie*. Paris: Gallimard, 1995.
12. De Maupassant, Guy. *Bel-Ami*. Edited by Catherine Dessi-Woelflinger, Paris: Gallimard, 1999.
13. De Maupassant, Guy, en collaboration avec William Busnach, *Madame Thomassin: Pièce inédite*. Rouen: Presses universitaires de Rouen et du Havre, 2005.
14. Duras, Marguerite. *L'amant*. Paris: Les Éditions de Minuit, 1984.
15. Duras, Marguerite. *Le Square Roman*. Paris: Gallimard, 1987.
16. Etkind, fim, Nivat, Georges, Serman, Ilya, Strada Vittorio. *L'Histoire de la littérature russe–Le XIXe siècle ** Le temps du roman*. Paris: Fayard, 2005.
17. Flaubert, Gustave. *Madame Bovary*. Paris: Gallimard, 2004.
18. Haedens Kléber. *Une Histoire De La littérature française*. Paris: B. Grasset, 2007.
19. Hugo, Victor. *Quatre-vingt-treize*. Paris: Gallimard, 1993.
20. Hugo, Victor. *Les Misérables*. Paris: Librairie générale française, 1998.
21. Lambert, Christian Y.. *Au commencement, La Bible hébraïque*. Paris: Desclée de Brouwer, 2005.
22. Malraux, André. *L'Espoir*. Paris: Gallimard, 2002.

23. Malraux, André. *La Condition humaine*. Paris: Gallimard, 2008.

24. Maurois, André. *Tourgéniev*. Paris: B. Grasset, 2004.

25. Mitterand, Henri. *La littérature française du XXe siècle*. Paris: Nathan, 2001.

26. Prévert, Jacques. *Paroles*. Paris: Gallimard, 2004.

27. Proust, Marcel. *A la recherche du temps perdu, tome 1: Du côté de chez Swann.* Paris: Gallimard, 1992.

28. Rabon, Isroel. *La rue*. Paris: Julliard, 1992.

29. Rabon, Isroel. *Balut*. Paris: Folies d'éncre, 2006.

30. Robbe-Grillet, Alain. *Pour un Nouveau Roman*. Paris: Les Editions de Minuit, 1963.

31. Singer, Isaac Bashevis. *Yentl et autres nouvelles*. Paris: Stock, 1984.

32. Singer, Isaac Bashevis. *La Corne Du Bélier*. Paris: Stock, 1992.

33. Singer, Isaac Bashevis. *Ennemies: Une histoire d'amour*. Paris: Stock, 1998.

34. Singer, Isaac Bashevis. *Satan À Goray*. Paris: Stock, 2010.

35. Singer, Israël Joshua. *Yoshe le fou*. Paris: Denoël, 1994.

36. Singer, Israël Joshua. *D'un monde qui n'est plus*. Paris: Denoël, 2006.

37. Weinstein, Miriam. *Yiddish: Mots d'un peuple, peuple de mots*. Paris: Autrement, 2003.

其他外語

1. Pessoa, Fernando. (Álvaro de Campos). *TABACARIA*. Retrieved 11 Jan 2022, from http://arquivopessoa.net/textos/163

2. Pessoa, Fernando. *Carta a Adolfo Casais Monteiro–13 Jan. 1935*. Retrieved 11 Jan 2022, from http://arquivopessoa.net/textos/3007

3. Pessoa, Fernando. (Bernardo Soares). *Livro do Desassossego. Vol.II*. Lisboa: Ática, 1982.

4. 年譜 . (n.d.). Retrieved 18 February, 2022, from http://inoue.abs-tomonokai.jp/Legend/biography.html

書名
異國文學行腳
作者
唐睿
責任編輯
劉穎琳
書籍設計
姚國豪

出版
三聯書店（香港）有限公司
香港北角英皇道四九九號北角工業大廈二十樓
Joint Publishing (H.K.) Co., Ltd.
20/F., North Point Industrial Building,
499 King's Road, North Point, Hong Kong
香港發行
香港聯合書刊物流有限公司
香港新界荃灣德士古道二二〇至二四八號十六樓
印刷
美雅印刷製本有限公司
香港九龍觀塘榮業街六號四樓A室
版次
二〇二二年三月香港第一版第一次印刷
規格
大三十二開（135mm x 200mm）二七二面
國際書號
ISBN 978-962-04-4947-5

JPBooks.Plus
http://jpbooks.plus

三聯書店
http://jointpublishing.com